Eu, pescador de mim

Wagner Costa

4ª edição
São Paulo

Ilustrações
Marina Nakada

© WAGNER COSTA, 2012
1ª edição 1995
2ª edição 2003

COORDENAÇÃO EDITORIAL	Maristela Petrili de Almeida Leite
EDIÇÃO DE TEXTO	Carolina Leite de Souza
COORDENAÇÃO DE PRODUÇÃO GRÁFICA	Dalva Fumiko
COORDENAÇÃO DE REVISÃO	Elaine Cristina del Nero
REVISÃO	Nair Hitomi Kayo
COORDENAÇÃO DE EDIÇÃO DE ARTE	Camila Fiorenza
CAPA/PROJETO GRÁFICO	Camila Fiorenza
FOTO DE CAPA	Liveshot/Shutterstock
TRATAMENTO DE IMAGENS	Fabio N. Precendo
ILUSTRAÇÕES DE MIOLO	Marina Nakada
DIAGRAMAÇÃO	Cristina Uetake, Vitória Sousa
PRÉ-IMPRESSÃO	Alexandre Petreca, Everton L. de Oliveira Silva, Hélio P. de Souza Filho, Marcio H. Kamoto
COORDENAÇÃO DE PRODUÇÃO INDUSTRIAL	Wilson Aparecido Troque
IMPRESSÃO E ACABAMENTO	Gráfica Elyon
LOTE:	770.776
CÓDIGO:	12079406

Dados Internacionais de Catalogação na Publicação (CIP)
(Câmara Brasileira do Livro, SP, Brasil)

Costa, Wagner
  Eu, pescador de mim / Wagner Costa — 3. ed. —
São Paulo : Moderna, 2012. — (Coleção veredas)

  1. Literatura infantojuvenil I. Título.
II. Série.

ISBN 978-85-16-07940-6

12-05479   CDD-028.5

Índices para catálogo sistemático:
1. Literatura infantojuvenil   028.5
1. Literatura juvenil   028.5

Reprodução proibida. Art.184 do Código Penal e Lei 9.610 de 19 de fevereiro de 1998.

Todos os direitos reservados
EDITORA MODERNA LTDA.
Rua Padre Adelino, 758 - Belenzinho
São Paulo - SP - Brasil - CEP 03303-904
Vendas e Atendimento: Tel. (11) 2790-1300
Fax (11) 2790-1501
www.modernaliteratura.com.br
2023

*Para Ariosto Augusto de Oliveira,
meu amigo.*

Roteiro da aventura

1. Música na cabeça, 7

2. Preparando uma canção para, 9

3. Banho de despedida, 14

4. O parceiro de sonhos, 18

5. Arrumando a mochila, 22

6. Canção para uma aventura no mar, 25

7. Pescador de quem?!, 28

8. Pisada de bola, 31

9. A palavra mágica, 35

10. Onde está o horizonte?, 39

11. Ode marítima, 41

12. Um aventureiro bundão, 44

13. Um estranho no ninho, 48

14. Medo, 53

15. Um encontro mágico, 58

16. *Karina*, 62

17. Demônios em fúria, 65

18. Navegando, 69

19. Mergulhando nas sombras do medo, 73

20. Sonho — um canto de saudade e de procura, 77

21. Grávido, 83

22. Trabalhadores, 87

23. Caranguejo traiçoeiro, 92

24. Tudo mareado, 97

25. Mestre-cuca dos mares, 101

26. Recolhendo minhas redes, 106

27. Finalmente, um velho lobo do mar, 108

28. O outro mar, 111

29. Teje preso!, 113

1. Música na cabeça

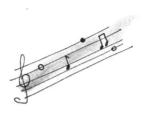

E no entanto é preciso cantar
Mais que nunca é preciso cantar.
Vinicius de Moraes

Tenho uma mania danada de boa (eu acho): quando me apaixono por uma música, eu canto, canto, me emociono, brinco com a poesia até...

Foi o que aconteceu com a música *Caçador de mim*, dos poetas Sérgio Magrão e Sá, cantada pelo Milton Nascimento.

Vê só que coisa linda:

Por tanto amor, por tanta emoção
a vida me fez assim
doce ou atroz, manso ou feroz
eu, caçador de mim.

*Preso a canções
entregue a paixões que nunca tiveram fim
vou me encontrar longe do meu lugar
eu, caçador de mim.*

*Nada a temer
senão o correr da luta
nada a fazer
senão esquecer o medo
abrir o peito à força
numa procura
fugir às armadilhas da mata escura.*

*Longe se vai sonhando demais
mas onde se chega assim
vou descobrir o que me faz sentir
eu, caçador de mim.*

E foi assim que, um belo dia, eu me transformei num pescador de mim…

2. Preparando uma canção para

*O homem tende a criar raízes, esquecido
que não é árvore, nem planta. Ele é viajante.*
W. Lindeberg

Faltavam menos de vinte e quatro horas para o começo da minha grande aventura no mar. Eu só pensava nisso.

Com os olhos fixos na telinha do computador, eu transpirava buscando as palavras certas para um poema. Seria uma canção imaginando as emoções daquela aventura.

Sei lá quanto tempo eu estava concentrado naquela mistura de inspiração e transpiração que envolve o poeta no ato de escrever. Não sei se sou ou não um poeta, mas sou um pescador das palavras dentro de mim.

Já havia conseguido escrever na telinha do micro as principais palavras do poema, inclusive o título:

Canção para uma aventura no mar

atração fatal
> *horizonte*
sonho
> *liberdade*
aventura   mistério
magia   paixão
Pescador de mim
> Pescador de mim
> Eu, pescador de mim

Bastava somente vestir o poema de emoção e... Viva! "Baixou" a inspiração!

Minha atração fatal, o mar,
me chama em horizonte infinito
sei que lá moram
a liberdade e o sonho
o sonh...

De repente, tive que interromper meu embalo poético por causa de um "probleminha": eu estava no escritório, em horário de serviço, e, em pé, atrás de mim, o meu chefe. Só espionando. Mais do que depressa, apaguei tudo. Lá se foi o fruto da minha suada inspiração.

— Pô, Pepê, de novo, fazendo poesia na hora do serviço?!

— Desculpa, chefe. É que...

— Também não precisava ter apagado. Mas vê se manera.

O chefe não era de dar uma de histérico em cima da turma. Levava numa boa. Inclusive, nós dois, ele e eu, de vez em quando fazíamos uns poeminhas a quatro mãos. Só que fora do expediente, no bar do Promessa.

— Toma, Pepê: trouxe uns "poemas" pra você pôr aí no micro.

Jogou sobre a mesa uma batelada de cálculos para eu conferir. Lá pelas tantas, o chefe gritou bem alto para que o escritório todo ouvisse:

— Pescador, telefone pro cê. É a sua atração fatal, uma tal de Rita.

Óbvio que o safado havia lido e guardado algumas palavras do poema antes que eu apagasse. Não gostei da gozação e dei o troco:

— Ô meu, chefe é chefe, mas vamos devagar com a louça. Não sou esse tipo de pescador que você tá insinuando, e você sabe muito bem que a Rita é minha namorada.

— Tá. Desculpe, pescador de... de... de você.

O pessoal não entendeu lhufas daquele papo. O chefe, sem jeito, saiu de fininho. Atendi ao telefone na mesa do próprio.

— Alô, gatinha!

— Como é? Conseguiu escrever?

Há dias que Rita, com uma paciência de Jó, acompanhava de perto minha luta com as palavras do poema, fora o tempão que vinha me aguentando matraquear sobre a aventura no mar.

— Tava quase chegando lá, mas o chefe cortou meu barato.

— E daí?

— Daí o quê?

— A gente vai lá hoje?

— Claro, né. Vamos tomar o maior banho de despedida no nosso refúgio.

— Legal. Vou bem bonita. Tchau, beijo.

Rita sim podia me chamar daquele jeito. De novo, o chefe meteu o bedelho, pois ficara ouvindo a conversa. Com um risinho malicioso insinuou que Rita e eu tínhamos marcado um encontro para um banho com os maiores amassos.

Sabe o que fiz?

Mandei-o passear e pronto!

Cinco horas da tarde. Fim do expediente. Hora de ir embora. Até que enfim me livrava daquele chefe pentelhão. Arranquei a gravata. Saí voando do escritório.

Fui tragado pela multidão apressada nas ruas do centro de São Paulo. Peguei um ônibus supercheio e viajei prensado entre um grandalhão que mastigava amendoim com a boca aberta e uma senhora tagarela, que comentava para o ônibus todo a novela das oito. O diabo era que a mulher, com certeza, nunca prestou atenção ao comercial de desodorante!

Eu só pensava no meu banho com a Rita, nas palavras do poema para a aventura no mar.

3. Banho de despedida

> *Vou-me embora pra Pasárgada*
> *Lá sou amigo do rei...*
> Manuel Bandeira

O ônibus me deixou em frente ao nosso refúgio. Rita ainda não chegara para aquele nosso banho muito especial. Dei um tempo e nada.

Entrei no nosso refúgio: a Praça do Pôr do Sol, no alto do bairro de Pinheiros. De lá avista-se grande parte de São Paulo, os prédios cinzentos, as ruas, as marginais, o Rio Pinheiros e o *campus* da Cidade Universitária.

Naquele momento, quase seis da tarde, o sol poente cobria de vermelho-laranja os limites da cidade.

Nem sinal de Rita. Sentei-me na grama com a cabeça na árvore que Rita e eu chamamos de "a preferida". Deixei meus olhos viajarem na beleza daquele pôr de sol. Eles correram até o infinito.

Na época, eu vivia uma fase de muita encucação, de querer saber qual era a minha diante das coisas da vida. Acho que todo cara aos dezesseis anos passa por essa encucação de muitas perguntas e poucas respostas.

Andava de saco cheio da rotina casa-serviço-colégio--casa. Não que tivesse grandes grilos em qualquer desses lugares; o grilo era, antes de mais nada, dentro de mim. Precisava soltar minhas emoções. Um dia, desabafei com este poema:

Sufoco

Correria, gente com pressa
de manhã, de casa pro serviço
de noite, do serviço pra casa
e tome televisão e propaganda
e tome compre! Compre!
Gente calada, de mau humor
sem tempo para um papo qualquer
jogar conversa fora
conversar abobrinha
gente sem emoção pra chorar
pelas crianças mortas pela polícia
pela fome e pelo desamor
pelos índios assassinados
ninguém olhando nos olhos de ninguém
ninguém olhando o céu
ninguém olhando para dentro de si

que nada! Cada um só pra si
todos em seus mundinhos
pequenos, sufocados, embaçados,
todo mundo sem ver o horizonte
todo mundo, inclusive eu
que nada sei de mim

Tremenda falta de horizonte, não?

Pois era na Praça do Pôr do Sol que eu, pelo menos, enxergava o horizonte. Sacou?

Lá, no nosso refúgio, Rita e eu, de mãos dadas, no maior silêncio, tomávamos banho. Banho de horizonte.

Uma vez, num desses banhos, fechei os olhos e imaginei a cidade inteira, os prédios, as ruas, as montanhas, tudo coberto por água, muita água, água sem fim, como no dilúvio do Noé. Tudo virou um mar só.

Foi quando senti um treco dentro de mim porque, pela primeira vez, percebi o infinito do horizonte e uma vontade louca de ir até lá.

Matei a charada e arrumei um problema para mim mesmo: o horizonte verdadeiro eu só encontraria no mar.

Pronto! Não sosseguei mais. A busca do horizonte passou a ser um sonho, uma obsessão. E só podia estar no mar.

Esqueci até o atraso da Rita e, sentindo baixar o "santo" da inspiração, comecei a escrever novamente a

"Canção para uma aventura no mar". Foi um chuá, o poema saiu num fôlego só! Que alívio! Li, reli, reli, reli… quando duas mãos gostosas e bem conhecidas alisaram meus cabelos.

— Pepê, desculpa a mancada do atraso. É que minha mãe me "alugou" para ir com ela ao supermercado.

Rita estava um arraso com os cabelos negros, úmidos, jogados sobre a bata branca, calça *jeans*. Uau!!!

— Tudo bem. Senta aqui. Ouve só o poema que…

— Não vai dar, Pepê. Tenho prova na primeira aula. Vim de táxi, ele está me esperando. Leio no caminho.

Doce ilusão, porque o motorista do táxi falava pelos cotovelos e neca de uma brechinha para a leitura do poema. Rita aproveitou uma ligeira pausa do simpático falador para me perguntar:

— Veio a resposta do Capitão Esperança?

— Ainda não. Por isso quero passar em casa antes de ir para a escola. Tô ansioso porque o Capitão sabe que viajo amanhã.

Rita me deixou na porta de casa e seguiu no táxi. Disse, depois da beijoca de tchau, apertando o poema sobre o peito:

— Vou ler com carinho. Garanto que tá lindão. A gente se vê na hora do intervalo. Tchau, meu poeta aventureiro.

4. O parceiro de sonhos

Nossos sonhos moram no horizonte.
Capitão Esperança

Fui direto para a mesa do telefone, onde fica a correspondência. Ali estaria, com certeza, a carta do Capitão, meu avô, que mora no Rio Grande do Sul.

Nada. Desabei no sofá. Explico minha frustração.

O Capitão Esperança é uma figura humana fora de série. Foi ele quem me ensinou a sonhar, a trotar o cavalo alado da imaginação.

Foi ele quem apresentou a esperança a minha família quando meu pai perdeu o emprego e nós perdemos as mordomias da vida. Faltou dinheiro, o Betão, meu irmão, entrou numas de vagabundo e mau-caráter, mamãe foi vender pastéis na feira, papai teve um piripaque sério no coração, e eu comecei a trabalhar. Um tempo dos diabos! Se não fosse o Capitão, sei lá o que teria acontecido.

Ele conhecia muito bem meu encanto com o horizonte na Praça do Pôr do Sol e, também, minha obsessão de procurar o horizonte no mar.

Escrevi para ele sobre a aventura. Aguardava resposta. Uma palavra do Capitão Esperança é uma luz no meu caminho.

Mamãe entrou na sala com um envelope na mão.

— É isto que o senhor procura, Pepê?

Era a carta! Mas, antes de entregar, mamãe se encheu de solenidade:

— Escuta aqui, mocinho, sei muito bem que esta carta traz o apoio do Capitão a essa sua ideia maluca de ir ao mar. Mas o senhor sabe muito bem que só fará essa aventura se ganhar na votação da Nave Azul (nome que o Capitão dera à família) agora à noite.

— Sim, senhora…

— E algo me diz que não será desta vez que o senhor irá ao mar, seu Pepê — me entregou a carta, com ares de quem já havia ganho a briga, e saiu para a cozinha.

Lá em casa funciona uma democracia, e assuntos pessoais de cada um, mas que dizem respeito a todos, são discutidos e votados por todos.

Funciona assim: primeiro, uma troca de ideias sobre os prós e contras; depois, a votação. Prevalece a maioria, evidentemente. Isso, porém, não significa que, se perder, o interessado esteja impedido de fazer aquilo que pretenda. Só que já sai avisado dos riscos e consequências.

Mais um detalhe: papai e mamãe usam o "não" definitivo se a ideia for muito sem pé nem cabeça ou se o interessado pisar feio na bola. Pai é pai, mãe é mãe, né?

Falando nisso, apresento os tripulantes da Nave Azul: papai, mamãe, Betão, de dezenove anos, a Ju, de dez, a Caró, de seis anos, o Botina, nosso bravo vira-lata de estimação, e eu, Pedro Paulo da Costa, o Pepê, às suas ordens. A Maria, nossa empregada querida e sábia, voltou para a Bahia.

O pessoal se cansara de me ouvir dizer que qualquer dia eu me aventuraria, que o mar é isso, aquilo e teretetê e taratatá. Enjoaram do mesmo disco, não me levavam mais a sério e me olhavam com aquela cara de quem diz "Coitado, tão novinho e tão pirado".

Por isso deixei para a última hora a conversa com eles. Naquela manhã, durante o café, e com jeito de quem não quer nada, falei que... quem sabe... talvez... pretendia ir ao mar naquele fim de semana...

Betão, Ju e Caró me apoiaram no ato. Mamãe, que tem medo de se afogar até na banheira, soltou um baita "não!", que fiz de conta não ter ouvido. Papai, para ganhar tempo, convocou a reunião da família para aquela noite.

— E por que não agora, já que estamos todos aqui?

— Porque agora temos que cuidar da vida e o senhor trate de ir andando para não chegar tarde no serviço. Bom dia!

E a reunião foi marcada para a noite.

Abri a carta do meu parceiro de sonhos...

Universo-Terra-Brasil-Porto Alegre

Pepê, meu querido aventureiro,

Até que enfim você tomou a decisão de ir ao mar buscar seu horizonte.
No fundo, Pepê, você vai é procurar você mesmo. Pense nisso.
Fico contente e à espera para ouvir o que você terá para me contar depois...
Escreva-me assim que voltar, afinal, você me orgulha quando me chama de "meu parceiro de sonhos".
Não! Pode me telefonar a cobrar. Pago a ligação com alegria.

Você me pede para lhe dizer algo. Só posso dizer o seguinte:
"Os segredos dos sonhos, que dão sabor à vida, moram no horizonte!"
E, com licença do Drummond, tem o seguinte:

"O mar é como o amor. Só se conhece amando. Portanto, vá ao mar".
Um beijo meu e da vovó a toda a tripulação da Nave Azul.
Deus que acompanhe você, aventureiro.

Capitão Esperança

Demais o Capitão Esperança! Sim ou não?

Tive absoluta certeza de que já estava com o pé na aventura porque, se papai e mamãe engrossassem, eu, numa boa, mostraria a carta do Capitão e... batata!

Fui para o quarto arrumar a mochila.

5. Arrumando a mochila

Toda minha bagagem carrego no coração.
Pepê

Pouca coisa na mochila: bermuda, calção de banho, toalhas, cuecas, escova de dentes e de cabelo, desodorante e só. Bem que gostaria de levar aparelho de barba, mas esta penugem debaixo do meu nariz e do rosto não colabora. (Pega uma lente aí que eu te mostro...) Livros, que adoro, não separei nenhum porque minha leitura seria diferente.

Eu iria ler na imensidão silenciosa do mar e nas entrelinhas do horizonte. É mole?!

Betão entrou no quarto perguntando:

— Pepê, você vai mesmo amanhã?

— Vou! Quer dizer, se os velhos não embaçarem. Por quê?

— Vou com você!

— Ah, vai não, mano. Sinto muito, mas não dá. É importantíssimo que eu viva sozinho a aventura. Nem com a Rita, entendeu?

— É que preciso dar uma saída pra esquecer dela...

"Ela" era a professora de português do cursinho, por quem o Betão estava arrastando uma paixonite aguda. Porém, com um detalhe: a mulher não estava nem aí com ele.

— Amor platônico? — perguntei, um dia.

— Amor impossível... — desabafou o infeliz.

Tadinho dele. Andava jururu, com ardências e palpitações.

— Tudo bem, cara. Eu não suportaria mesmo ficar um dia sem ver aquela mulher. Amanhã ela dá aula de reforço no cursinho e vou estar lá todo bocozão na fila do gargarejo.

Nesses momentos de dor, Betão, o amante incompreendido e solitário, trancava-se no quarto e quase derrubava a casa com os lamentos em sua guitarra. Dor de amor dói pra burro. Já passei por isso.

— Tá precisando de dinheiro pra viagem? Empresto.

— Não, Betão. Economizei legal e ainda juntei outra graninha com a venda do *video game*.

Naquela noite, jantei com toda a calma, repeti o prato, o que deixou mamãe muito satisfeita. Na verdade, nem fome eu tinha, mas fiz aquilo para adoçar aquela que pintava como alguém capaz de melar minha aventura.

Fui para o colégio louco para saber o que a Rita achara do poema.

6. Canção para uma aventura no mar

*Mar paternal, mar santo, minha alma sente
a influência de sua alma invisível.*
Rubén Darío

Rita e eu fazemos o primeiro ano do Ensino Médio em classes diferentes no querido, amado, idolatrado, inigualável Colégio Pitombelo Cruz, o Pitom.

Ela me esperava na lanchonete do Mané Japonês, em frente ao Pitom. Correu, me abraçando com o poema nas mãos.

— Tá lindão, lindão! Faço questão de ler em voz alta — ela caprichou na pose, limpou a garganta e mandou ver:

Canção para uma aventura no mar

Minha atração fatal, o mar,
me chama em horizonte infinito
sei que lá moram
a liberdade e o sonho
o sonho da liberdade.

Minha atração fatal, o mar,
é livro aberto de muitas histórias
sei que suas águas são
doces para as coisas do bem
fel para as coisas do mal
o sal da própria vida.

Minha atração fatal, o mar,
me chama para a aventura
uma aventura de mistério
que esconde os segredos
da magia e da paixão
que dão encanto à vida.

Mar, abre os braços, porque eu,
menino sonhador e atrevido,
vou navegar em você
à procura do horizonte sem fim
serei apenas um pescador
eu, pescador de mim.

Bom, o beijão que a Rita me deu depois da leitura não foi fácil! Foi tão demais que, com licença, vou recordar mais uma vez.

Enquanto fico na curtição, você, que desde a primeira página deste livro está comigo nos preparativos da aventura, por favor, releia o meu poema. Eu espero.

Então, já releu?

S'embora!

7. Pescador de quem?!

As coisas estão no mundo, só que eu preciso aprender.
Paulinho da Viola

E não foi que depois do beijo a Rita resolveu fazer charminho?!

— É... atração fatal... ainda bem que é com o mar e não com uma zinha dessas que vivem se peruando pro seu lado. E outra coisa: você nunca escreveu um poema assim tão inspirado pra mim!

Charminho por charminho, me atirei aos pés dela, pus a mão sobre o coração e disparei com jeito de galã canastrão de telenovela mexicana:

— Não existem palavras capazes de expressar meu amor por ti! Tu és, Rita, a minha atração fatal em carne e osso! Ó!, Ó!, Ó! Três vezes ó!

— Para com isso, Pepê! Tá me tirando?! Seguinte: adorei tanto de paixão o seu poema que, olha, tirei um montão de cópias.

Foi só alegria. Pedi sorvete para comemorar. Ficamos *in love*, nos olhando com aquele olhar de peixe morto. Maior carinho. Quando...

— Ei, psiu! Ambos os dois. Tô embaçando alguma coisa? Querem que apague a luz pra lanchonete ficar parecendo uma boatezinha?

Era o Cacá. Gente fina, mas um pentelho e gozador. Rita nem se alterou, apenas deu-lhe uma cópia do poema.

— Tó, cara. Lê isso e se manda. Desencarna!

O chatão do desmancha-prazeres não se mandou. Leu ali mesmo. Coçou a cabeça e comentou:

— Chocante, chocante! *Beautiful* de esplendoroso. Mas explica pro jumentinho aqui este trecho:

Vou navegar em você
à procura do horizonte sem fim
serei apenas um pescador
eu, pescador de mim.

— Que papo é esse? Pescador de quem?!

— É o seguinte, meu: pescador de mim porque quero conhecer minhas reações, medos, emoções diante do desconhecido, lá no marzão misterioso. Quero chegar ao horizonte, jogar a rede e pescar coisas de mim em mim. Entendeu?

— Ah, tô sabendo... tô sabendo. Chegar ao horizonte deve ser o maior barato...

— É... ao horizonte, à morada dos sonhos! Compreendeu?

— Bom... é um papo meio de poeta, meio de xarope, mas tá valendo. É de lei. Senti maior firmeza! Assunto do maior legal. Boa viagem e deixa eu me mandar porque já embacei demais.

Assisti às duas últimas aulas; quer dizer, tentei. Fiquei foi lendo o poema umas "trocentas" vezes.

Deixei Rita na casa dela. Prometi que ligaria assim que terminasse a reunião na Nave Azul. E para lá fui eu. Fazendo figuinha...

8. Pisada de bola

Há famílias que só se reúnem em dia de enterro.
Sofocleto

O pessoal já estava na sala, me esperando para a reunião. Imagine só a cena e as caras. Papai, de pijama e gorro, caindo de sono; Ju e Caró dormindo abraçadas ao Botina. Mamãe com o rosto lambuzado de creme e ligadíssima, só esperando para dar o bote. Perigo à vista!

O Betão, de olhos fechados, pensando na professora. Papai abriu o papo com jeito de quem queria terminar logo com aquilo.

— Pepê, pela milésima vez, o que é que você quer tanto fazer no mar?

— Isto! — a resposta foi distribuir cópias do poema para todos.

Péssimo começo... É arriscado mostrar poema para gente com sono porque, se a "obra" for ruim, aí é que a turma cai de vez no sono. Todos bocejaram perigosamente.

Mas mãe é sempre mãe. Depois de ler, ela falou com emoção:

— Que beleza, filho! — E me lambuzou de beijos.

Positivamente mamãe não entende nada de literatura.

— Poetinha, você é demais. Meu voto é seu. Te cuida, hem! Com licença que vou dormir para não me atrasar no cursinho.

Betão ia saindo, mas ficou ao entender meu olhar pedindo apoio. Ju e Caró dormiam feito anjos. Botina mastigava o poema. Papai debatia-se entre a alegria de ter um filho poeta e o dever de tocar a reunião.

— Muito bonito isso que você escreveu… (silêncio). Mas, e daí? — papai fechou a cara. — Quero mais explicações sobre essa sua decisão, essa vontade maluca, ainda mais em cima da hora, de viajar. Ou o senhor pensa que já pode sair por aí quando bem entende, como se já fosse dono do próprio nariz, hem?!

Eu sabia perfeitamente que esse modo de falar era apenas pressão, uma tática dele para ver se eu estava firme na decisão. Papai não é ditador, apenas gosta que a gente se coloque com clareza. Ia começando a me explicar quando mamãe deu o bote:

— Meu voto é não! E está acabado!

Tal reação era um perigo porque, se dependesse de mamãe, eu não navegaria nem no barquinho *Splash* do *Playcenter*. O perigo se confirmou quando papai disse:

— Pepê, sua mãe e eu achamos muito arriscada essa aventura. Vamos deixar para mais tarde, quando você for adulto e...

Ah, por quê? Pra quê? Essas palavras mexeram comigo! Interrompi papai e falei, muito ofendido:

— Poxa vida! Eu trabalho, estudo, pago meus livros e cadernos, ajudo em casa, não crio problema, não bebo, não fumo, não uso drogas, e vocês — apontei acusadoramente o dedo para papai e mamãe — e vocês não me dão o direito de...

Papai deu uma porrada na mesa e atirou sem piedade e aos berros:

— Pode parar! Chantagem barata, não! Moleque! Você não faz nada mais do que sua obrigação sendo um filho legal. Ou você quer que por causa disso a gente se ajoelhe aos seus pés, que deixe você fazer cocô no meio da sala e tudo bem?!

A casa tremeu. Botina se mandou para o quintal. Ju e Caró despertaram assustadas e Betão interrompeu seu devaneio com a professora. Papai continuou com a corda toda:

— E quer saber de mais uma coisa? Não vai e pronto! Fim de papo! Quando você crescer e não vier com chantagem, a gente conversa. Durma bem! E, se quiser, durma mal. Vire-se!

Eu tinha acabado de pisar feio na bola. A Nave Azul voou para os lençóis. Mamãe, toda vitoriosa, passou a mão sobre minha cabeça e disse:

— Tá certo que eu não queria sua viagem, mas, se você tivesse conversado feito gente, quem sabe. Seu burrinho.

Burrada, só?! Junta uma tropa de burros que é pouco. Lá estava eu: um aventureiro que naufragou antes de entrar no mar.

S.O.S. — burro de tênis pedindo socorro!!!

9. A palavra mágica

Perdão foi feito pra gente pedir.
Mario Lago

A Nave Azul navegava nos braços de Morfeu e este idiota aqui andava pelo quintal se xingando de tudo quanto era nome. O Botina que o diga.

— Pô, Botina, que bobagem eu fiz! Adeus aventura... Pior é papai e mamãe terem se decepcionado comigo. A cara deles só faltou dizer: "Um filho criado com tanto carinho, tanto trabalho, e deu nisso: um chantagista!". Tô triste por eles.

Ligar para o Capitão nem pensar. Ele, sem dúvida, assinaria embaixo da minha sentença e ainda me passaria um tremendo sabão. O Capitão vira o cão quando percebe safadeza no ar. Liguei para a Rita.

— Que mancada, hem, Pepê!

— É, meus pais são bacanas, mas de vez em quando...

— Mancada sua, Pepê. Sua anta!

Desliguei. O papo com a Rita ficou para depois. No vira daqui e de lá na cama, resolvi usar aquela palavra mágica para "deschatear", "desmagoar", "desdecepcionar" papai e mamãe. Acordei o Betão para dizer que iria usar a tal palavra mágica.

— Com sinceridade, mano?

— Com a maior do mundo.

— Então tá bom. — E Betão veio com aquele ar de irmão mais velho, dando um de sabe-tudo. — É o que sempre digo: você não é mau-caráter, chantagista; é apenas muito criança ainda.

Que saco ter que aguentar um cara com dezenove anos se julgando homem-feito. É preciso ter paciência com irmão mais velho, ainda mais sofrendo dores de amor não correspondido.

Às dez da manhã, mamãe e papai sentaram-se para o café. Entrei com tudo e soltei a palavra mágica:

— Desculpa…

Os dois se entreolharam surpresos.

— Peço desculpa pela minha burrice da chantagem e por ter magoado vocês. Pago pela estupidez e não se fala mais na viagem.

Mamãe sorriu e me abraçou. Papai, tipo durão-maria-mole, disse:

— Tudo bem, rapazinho. A gente sente que você está sendo sincero. Sabemos o que essa aventura no mar representa pra você. Ontem, pouco antes de você chegar da escola, o Capitão telefonou. Conversamos bastante e chegamos à conclusão de que...

— Já sei. É muito cedo para eu ir sozinho pro mar.

— Mais ou menos isso — papai confirmou secamente.

Fim da linha, fim do sonho, pois até o Capitão mudara de lado! Difícil acreditar. Justo ele, quem mais me incentivou?!

— Brincadeira, Pepê. Nós três achamos que a hora da sua aventura é essa — papai me deu um baita tapa nas costas que quase perdi a fala.

Os dois me fizeram explicar tim-tim por tim-tim o roteiro da viagem até o mar, onde dormiria, quando voltaria etc., etc. e aqueles outros etecéteras que os pais gostam de ouvir. Liguei para a Rita contando a boa nova.

Splichhhhhhh!!! — barulho de beijo telefônico. O papo foi rápido. Eu tinha pressa. Muita pressa.

Hora da despedida.

— Toma cuidado, Pepê. Reza pro seu anjo da guarda — mamãe pediu.

— Não deixa o tubarão te comer!

— Não tem perigo, Caró.

— Me traz uma estrela-do-mar?

— Trago, Ju. E pra você, também, Caró.

— Adeus!

— Adeeeeuuuuuus!!! — longo assim porque foi dito várias vezes.

Corri para o ponto do ônibus que me levaria ao metrô, de lá à estação rodoviária de São Paulo, e de lá…

10. Onde está o horizonte?

E eu sei lá?!... mas vou descobrir!
Pepê

O raio do ônibus demorava e eu, impaciente. Chegou. Fiz o sinal.

— Pepê, espera aí!

Era papai correndo. Perdi o ônibus. Ofegante, ele me entregou um telegrama com o carimbo "urgente-urgentíssimo". Adivinha de quem?

PESCADOR
ONDE ESTÁ O HORIZONTE?
BOA VIAGEM. PT. CAPITÃO

Que pergunta mais estranha…

Surpreendi papai mexendo na minha mochila.

— Guardei os sanduíches que sua mãe preparou às pressas. — E me mostrou um saquinho plástico.

Mas a cara dele não escondia que ali tinha alguma coisa a mais. Desconfiei que havia colocado um dinheiro surpresa lá dentro. Ia conferir.

— Tchau, filho. Vai com Deus. — Papai se afastou rapidamente.

No ônibus, o caminho todo matutei na pergunta do Capitão…

"Onde está o horizonte?"

Eta perguntinha! Só podia ser mesmo do Capitão.

E eu sei lá?!… mas vou descobrir!

11. Ode marítima

O homem livre sempre quererá o mar, onde sua alma se reflete na sucessão infinita das ondas.
Baudelaire

Na rodoviária, à espera do ônibus para Ubatuba, me senti o aventureiro dos aventureiros. Imagine só minha pose: mochila nas costas, camiseta justa para melhor exibir os músculos, só faltava tatuagem no braço. Andava gingando, como se já estivesse no balanço de um barco no mar.

Torci para que alguém, impressionado com minha figura, indagasse para onde eu estava indo. Então, com um olhar enigmático, eu diria:

"Para o mar. Meu destino é o mar. Sou um pescador de horizonte".

Então, ali mesmo, em plena rodoviária, declamaria um trecho de "Ode marítima", do "colega" Fernando Pessoa:

Ah, e as viagens, as viagens de recreio, e as outras,
as viagens por mar, onde todos somos companheiros
dos outros
duma maneira especial, como se um mistério marí-
timo
nos aproximasse as almas e nos tornasse um mo-
mento
patriotas transitórios duma mesma pátria incerta,
eternamente deslocados sobre a imensidão do mar
das águas.

Sem perder o fôlego ou esperar por vaias ou aplausos, daria a rota do meu destino: Ubatuba — Litoral Norte de São Paulo — duzentos e quarenta e oito quilômetros da capital — vinte e três graus, vinte e seis minutos e treze segundos de latitude sul — quarenta e cinco graus, quatro minutos e oito segundos de longitude oeste.

Porém, vivente algum se interessou por isso; aliás, nem me notaram.

Passei por São José dos Campos, na Via Dutra, depois o ônibus fez uma parada na cidade de Paraibuna. Duas horas de viagem. Desci para um cafezinho. Outra vez fiquei me exibindo, esperando que alguém quisesse saber meu destino de aventureiro. Nada.

O ônibus começou a descer a Serra do Mar. Rosto colado no vidro da janela, avistei o mar: lindão, imenso, gigante preguiçoso de braços abertos para o horizonte. Eta mundão de Deus! Eta emoção em mim!

A alegria cresceu quando, depois da cidade de Caraguatatuba, na Rodovia Rio-Santos, o ônibus foi beirando praias, uma mais linda que a outra. Maranduba… Bonete… Deserto… Brava de Fortaleza… Vermelha do Sul… Domingas Dias… Lázaro. Somente casas luxuosas, clubes fechados, hotéis sofisticados e condomínios particulares.

Aí, o meu lado poeta falou assim:

"Poxa, Pepê. Eu pensava encontrar nas praias as palhoças e casas singelas dos pescadores, barcos deitados na areia. Cadê o caiçara, o pescador bronzeado, a mulher faceira, aflita, de olhos no mar, procurando sinal do barco do seu homem que foi pescar?".

Aí, o meu lado de garoto que lê jornais, e sabe da força da lei do mais forte na disputa de terra, disse:

"Essa gente — os nativos, os pescadores — foi expulsa das praias e confinada no mato e na periferia das cidades. Tiveram que dar, na força, lugar às mansões-camarotes dos ricos".

Calei a boca daqueles meus dois lados e me resumi:

"Ô meu, você veio curtir o horizonte, o mar, ou fazer um levantamento das injustiças sociais do Brasil? Te aquieta, cara!".

Estava eu nessas altas conjeturas quando o ônibus estacionou na estação rodoviária de Ubatuba, depois de quatro horas de viagem. Eu tinha pressa de ver de frente minha atração fatal…

12. Um aventureiro bundão

A coragem verdadeira é mais paciente do que audaciosa.
Senancour

Já era noite. Cruzei rápido as estreitas e históricas ruas do centro de Ubatuba. Cheguei à Praia do Cruzeiro. Finalmente, o mar!

Que vontade louca de entrar com tudo na água. Sei não, mas desconfio que em algum lugar do passado fui um bicho do mar.

Mas ele, o marzão, não estava para graça. Rugia ondas escuras e ameaçadoras. Espumoso, danado de bravo, se estendia negro na imensidão. Lua e estrelas não iluminavam as nuvens, que sombreavam mistérios no horizonte. Horizonte aonde eu queria chegar.

"Calma, Pepê! Pega leve."

Caminhei para a ponta da praia até a barreira rochosa do canal. Lá do alto de uma das pedras eu contemplaria minha atração fatal. Escalei a primeira rocha. Foi quando vi um pequeno barco debatendo-se entre as ondas na garganta do canal, estrangulada por pedras pontiagudas. O barco tentava entrar mar adentro.

Ondas em turbilhão explodiam sobre a embarcação, que parecia um frágil barquinho de papel na dança incerta do pra lá e pra cá. O pescador insistia buscando uma saída.

Eu acompanhava fascinado a batalha entre o homem, o barco e o mar. Imaginei-me lutando ao lado do homem. Torcia. Tudo em vão. Ondas atingiram com violência o barco, que, por um triz, não se espatifou nas pedras. Homem e barco curvaram-se à superioridade do adversário e, resignados, voltaram ao porto seguro.

Cantei baixinho aquela canção do Caymmi: "Com um tempo deste não se sai, quem vai pro mar, quem vai pro mar, não vem…".

Mas eu iria! E iria até a última rocha do canal, de onde o mar se estendia para o horizonte. Prossegui escalando as pedras. Pouco enxergava. Tropeções e quedas. Ansiedade e raiva impulsionavam meus passos. De vez em quando, um susto com a explosão de uma onda mais brava aos meus pés. Desistir? Nunca! Coragem não me faltava…

Arranhado, exausto, cheguei ao topo da última pedra. Senti um saborzinho de vitória. Diante de mim, ele, o mar, vestido com as sombras da noite, parecendo um bruxo. Lá estava eu, cara a cara, olho no olho com ele. Eu e ele, frente a frente, um tentando adivinhar as intenções do outro. Mil pensamentos e emoções agitando-se em mim. O momento era de suspense nervoso, porém de beleza. "Guenta" coração!

O mar não gostou do meu atrevimento e muito menos de eu ter desviado meus olhos dos olhos dele. Enfezou-se e fez explodir uma onda gigantesca contra meu peito.

Perdi o equilíbrio. Fiquei de quatro e me agarrei com unhas e dentes às ranhuras limbosas da pedra. Ele, irritado e cruel, fustigava mais ondas sobre mim. Lá embaixo, ao pé da pedra, no turbilhão das águas, uma fenda negra abriu-se à espera do meu corpo.

Resisti. Lutava. Éramos um corpo só, a pedra e eu. Um medo sufocou a beleza. O pavor apoderou-se de mim. As forças ensopadas e amedrontadas começavam a me faltar. Era o terror, o medo da morte!

— É o fim! Agora eu morro! — murmurei.

Sabe aquela angústia que sufoca, aquele instante de agonia em que se implora a Deus para que dê uma última colher de chá para a gente?

Valeu, porque Deus me ouviu e deve ter falado assim para o mar: "Qual é a tua, meu?! Não tá vendo que o garoto só veio te conhecer? Larga a mão de ser metido! Vai procurar tua turma!".

O mar foi. Foi porque acalmou-se e recolheu suas ondas bravias. A Lua, antes apagada, compadeceu-se de mim e clareou o caminho de volta entre as pedras. Depois de outros tantos tropeços, quedas e arranhões, cheguei à praia.

Confesso que meu primeiro pensamento foi o caminho de casa. Mas e o vexame, a frustração?

Enquanto trocava a roupa molhada num canto da praia, pensei: "Que droga de aventureiro sou eu que me acovardo logo na primeira derrota? Pensando bem, a aventura ficou até mais interessante!".

O mar parecia se divertir comigo e mandou ondas sussurrarem aos meus ouvidos:

"Bundão! Bundão!".

Decidi não voltar com o rabo entre as pernas. Custasse o que custasse, eu conseguiria um lugar num barco e entraria no mar aberto. Ponto de honra, acerto de contas!

Ele, o mar, talvez duvidando dos meus pensamentos, provocou:

"Duvido! Bundão! Bundão!".

Nem liguei.

Na outra extremidade do canal estava a colônia dos pescadores. Fui para lá em busca de uma carona para o horizonte.

13. Um estranho no ninho

Então me dá um guaraná estupidamente gelado!
Pepê

A colônia dos pescadores de Ubatuba, a Z-10, fica na ponta da Praia do Cruzeiro, na pequena ilha fluvial Ministro Fernando Costa, cercada pelo Rio Grande, que corre ao mar através daquele canal rochoso onde eu me metera à besta.

Lá estava o velho casarão da Secretaria da Agricultura, o mercado, duas peixarias, uma loja, um orelhão, um bar. Tudo fechado. Entrei pelos becos e vielas entre as casas simples dos pescadores. Pescador dorme cedo sonhando com a maré boa da madrugada para ir buscar o pão de cada dia.

Parei no cais para observar o movimento dos barcos ancorados, que dançavam suave no compasso da maré. Ninguém nos barcos. Pescador tem jeito carinhoso de batizar as embarcações: *Dragãozinho, Mar de rosas, Netuno, Raio de lua, Estrela da manhã, Karina...*

Qual deles me daria carona até o horizonte?

Atravessei a ponte que liga a ilha ao continente. Poucos homens conversavam nos bares, que já fechavam suas portas. Alguns me olhavam com curiosidade. Eu andava normalmente, pois não seria estúpido de andar gingando diante daquela gente que vive no balanço das ondas. Eu, hem?

Parei na porta de um boteco mal-iluminado, esfumaçado. Alguns homens conversavam lá dentro. Imaginei que entrava numa daquelas tavernas onde se reuniam velhos lobos do mar, aventureiros das histórias que eu havia lido: Ulisses, Marco Polo, Simbad, Barba Negra, Lord Jim, Almirante Nelson, Colombo, Vasco da Gama, Cabral, Camões e Amir Klink.

Arriei a mochila, bati no balcão e pedi na maior decisão:

— Me dá uma cerveja!

— Não servimos cerveja pra menor, menino — o balconista acabou com a minha folga.

— Então me dá um guaraná estupidamente gelado! — arrematei.

Quatro homens papeavam ao meu lado. Apanhei o final da conversa.

— Tentei entrar, mas o mar quase me arrebenta nas pedras.

— Faz tempo que ele não fica assim tão bravo.

Eram pescadores, sem dúvida. Fiquei escutando a conversa, que virou lamento. Falaram da exploração da mão de obra, dos preços baixos para a pesca, da inflação, da desunião da classe, da falta de uma política de pesca, da aposentadoria humilhante, da preocupação com o futuro dos filhos, da falta de perspectiva de vida. Eram pescadores, trabalhadores brasileiros.

Se eu não estivesse tão ansioso por encontrar uma carona, teria me metido na conversa e aprontado o maior comício. Sou doido por uma discussão política. Aprendi com o Capitão Esperança.

Entornei dois guaranás e meio. Achei que era o momento de me apresentar. Até já descobrira o nome dos quatro.

— Moço, por favor, cerveja, quebra-gelo e tira-gosto aqui para mestre Do Carmo, mestre Genésio, mestre Valdemar e mestre Claudionor.

Os homens me olharam espantados. Genésio falou:

— Obrigado, menino, mas a gente tá de saída.

— É cedo...

— Cedo pra você, menino. A gente vai descansar e ver se de madrugada dá pra furá esse marzão que não sossega de brabeza.

— Os senhores vão pro mar? Quando? — perguntei todo animadinho.

— De madrugada...

50

Nem quis ouvir o resto. Emendei:

— Posso ir com os senhores?

Os quatro arregalaram os olhos. Valdemar, medindo-me por inteiro, perguntou desconfiado:

— Você não é pescador, nem filho de pescador, tá na cara. O que vai fazer no mar?...

Perdi o pique. E se eu mostrasse o poema, será que entenderiam? Melhor não. Achei uma mentira no ato:

— Sou estudante. Preciso fazer um trabalho, uma redação sobre o mar, os pescadores. Tô ferrado de nota e...

— Uai, pergunta que a gente responde.

— Não adianta. Eu preciso entrar no mar.

— Olha, menino, com um mar bravo desses eu não levo nem meu filho, que dirá filho dos outros. Sei lá se você não fugiu de casa, aprontou alguma...

— Não senhor, meu pai tá sabendo. Eu pago pela carona!

Um "não" desenhou-se nos rostos deles. Implorei:

— Pelo amor de Deus!

— Nenhum pescador vai levar você — Genésio encerrou o assunto chamando os companheiros para irem embora.

Do Carmo, que já tinha me parecido o mais simpático, disse:

— Não levo você porque o barco não é meu. Volta aqui de madrugada e conversa com outros pescadores. Acho difícil, mas não custa tentar.

E me restava outra saída? O bar fechou. E eu, um estranho perdido no ninho.

Fui vadiar pela noite. Abri a mochila para apanhar um dos sanduíches da mamãe. Achei um envelope que, juro, não tinha visto antes. Um papel ofício:

A quem possa interessar

Eu, Ricardo da Costa, brasileiro, maior, casado, comerciante, RG 171.114.981.046, pai do menor Pedro Paulo da Costa, autorizo meu filho a...

Uma declaração do papai me autorizando a viajar num barco, a me hospedar num hotel ou pensão. Aquilo quebraria um galhão, caso alguém implicasse com a minha cara de moleque. O que acabara de acontecer.

O adorável malandrão escrevera na última hora e colocara na mochila quando, no ponto de ônibus, levou o telegrama do Capitão e os sanduíches da mamãe. Valeu, velho!

Corri atrás dos pescadores. Inutilmente, porque já haviam sumido.

O negócio era fazer hora, vagar por ali. Peguei uma estrada beirando a montanha. Resolvi saber onde dava.

Gostoso caminhar pela noite, escutando a canção do vento na montanha e a voz do mar. Dei de cara com a Praia do Perequê-Açu. Novamente, cara a cara com o mar. Ótimo, minha aventura tinha que continuar mesmo!

14. Medo

O medo perturba os sentidos e faz com que as coisas não pareçam o que são.
Cervantes

Madrugou. Praia deserta, banhada também por uma Lua e estrelas mil. Mágico o silêncio acalantado nos sussurros do vento e marulhos das ondas que vinham de mansinho para não despertar o próprio silêncio.

Eu, envolvido por aquela magia toda, me senti solitário sem sentir solidão. Era uma paz de recolhimento.

Sempre sonhara com um instante igual àquele. Quantas e quantas vezes tentei vadiar sozinho com meus botões pelas praias do Guarujá, Ilhabela, São Sebastião, Búzios, Itanhaém, em busca de um contato mais íntimo comigo mesmo e naquelas condições: o mar à frente e a montanha às costas.

Nunca conseguira, por causa das praias sempre "quaiadas" de gente em férias: casaizinhos *in love* e amassos, a turma do lual em paqueras e sonzão. Triste era ver os fumados e os cheirados.

Finalmente, eu, a madrugada, o mar, a montanha, o silêncio. E o horizonte. Eu, pescador de mim, poderia então interrogar os meus sonhos.

De repente, sem mais nem menos, comecei a sentir uma coisa estranha, incômoda, uma impressão de que alguém ou algo invisível estava ao meu lado e que sombras e vultos sinistros saíam do mar e da montanha vindo na minha direção.

Nem me dei tempo para raciocinar. Entrei em pânico. Passei a sentir (ou imaginar?), vê se pode, a presença de fantasmas, de assombrações, de almas penadas, de lobisomem e daquele pessoalzinho do *Poltergeist* e do *Sexta-feira 13*. Era medo pra ninguém botar defeito, muito menos eu.

Saí correndo em disparada pela praia. Medo é coisa besta, né? Faz a gente ver e ouvir coisas que...

Corri tanto, tão alopradamente, que caí de cara na areia. Fiquei duro, encolhido, só esperando a chegada das vozes, o hálito cadavérico, a mão gélida de algum monstro, de alguma alma penada. Se é que alma penada tem mau hálito e mão gelada. Sei lá!

O que sei é que os minutos passavam e nada acontecia. Por via das dúvidas dei mais um tempo encolhido na penumbra do meu medo.

Tomei coragem, ergui a cabeça… o mar, a montanha, a Lua e as estrelas continuavam no mesmo lugar, indiferentes ao meu apavoramento. Fui relaxando, relaxando até que, envergonhado e "pê" da vida comigo mesmo por causa daquela vacilada boba, gritei para o mar:

— Você tem razão! Eu sou mesmo um bundão! Um pescador fajuto!

Ao mesmo tempo, para provar a mim mesmo que eu não era nada daquilo, tive uma ideia pinel. Zapt! Zupt! Tirei a roupa e, peladinho, peladinho, entrei correndo no mar.

Um barato a água e o vento frios chicoteando meu corpo. Furei a primeira onda, a segunda, a terceira. Boiei de bumbum pra Lua, boiei de cara para as estrelas. O medo foi se diluindo no contato com a água.

— Boa, Pepê! Você é macho mesmo! — gritei em desafio. — Pra mim não tem mar nenhum capaz de me meter medo!

Por que falei isso? O mar ouviu e não gostou. Disparou uma onda traiçoeira que me levou ao fundo. Engoli água que só vendo!

Ao voltar à superfície, tomando pé da situação, tive repentina vontade de mergulhar de novo, e rapidinho. É que um vulto muito esquisito apareceu entre as ondas…

Três, quatro, não sei quantas braçadas nervosas e um só pensamento: "Se manda, Pepê!".

Catei roupa e mochila na areia e pernas pra que te quero! Só dava eu, peladão e fujão! Até que me dei conta daquele maior ridículo. Parei e decidi encarar aquilo...

O vulto parecia o corpo de um homem subindo e descendo ondas e marolas. Era um náufrago, um afogado. Ele, porém, não se agitava, não se debatia pedindo socorro. Estaria desmaiado? Alguém dependendo de mim para ser salvo...

Juntei coragem. Era hora do peladão fujão se transformar num salva-vidas. E fui nadando na direção do infeliz afogado...

Também não nadei tanto assim, não. Pensei: e se for um cadáver? Imaginei um rosto com olhos abertos, saltados das órbitas... um corpo todo retalhado, estraçalhado de mordidas de peixes vorazes...

Ele se aproximava. Tarde demais para recuar. "Putz, nunca toquei num cadáver! Será que é gelado?...".

Ele encostou em mim!

Que mané cadáver! Era só um tronco de árvore!

Foi difícil vestir a roupa porque eu não parava de rir de mim mesmo, do meu medo imaginado.

Despedi-me do meu "amigo-cadáver" e também dos outros imaginários fantasmas & companhia. Botei o pé na estrada beira-montanha. Precisava voltar ao cais dos pescadores.

Um denso nevoeiro envolvia a estrada, mas eu, todo valente por ter vencido o medo, seguia firme. Durou pouco a valentia. Um pensamento tolo me veio à cabeça: comparei a estrada nevoenta e solitária a uma alameda de cemitério.

Imediatamente expulsei aquilo da cuca. Será que iria começar tudo de novo?

Iria, sim. Porque poucos metros adiante — e não foi imaginação — um vulto amarelo, sem forma definida, caminhava lentamente.

Estanquei. A coisa também parou. Virou-se... Soltou uma voz rouca:

— Vai pescar, amigo?

Pronto! Lembrei do meu outro avô, falecido, muito chegado num sobrenatural, que dizia que as almas penadas mais cruéis usam palavras agradáveis para atrair suas vítimas. E não foi que aquela voz continuou me tratando bem?

— Calma, amigo, sou de paz!

Continuei estático, só imaginando um vampiro chupador de sangue fresco dos meus dezesseis anos. A coisa amarela veio em minha direção.

"Morro, mas morro lutando!", pensei, encarando o rosto da coisa e me preparando para lhe dar uma porrada na cara e um pé no...

"E se fosse um assalto? E se a coisa estivesse armada?" Sei muito bem que nunca se deve reagir a um assaltante, principalmente se ele estiver armado.

15. Um encontro mágico

*A gente nunca está só quando procura
as coisas com o coração.*
Capitão Esperança

O dono da voz deu mais um passo e...
Outro vexame! Não espalha. Fica entre nós.
Era um homem com capa e capuz amarelos. Abriu os braços e sorriu. Nada de dentes vampirescos e muito menos sinais de alma penada. Homem nem alto nem baixo, atarracado, de olhos acesos, rosto moreno.
— Calma, menino. Sou de paz. Sou pescador...
— Desculpe, pensei que fosse um...
— Catarino, seu criado.
?!?!?! — minha cara ficou com esses pontinhos. Reagi estendendo a mão ao homem.
— Muito prazer, Pepê. Pedro Paulo da...

Não consegui terminar. O tal Catarino apertou minha mão com tanta força, como se puxasse uma rede lotada de tubarões.

— Vai pra ilha dos pescadores?

— Vou...

— Então vamos juntos. Tô indo pra lá também.

Catarino andou depressa e não falou mais nada. Acompanhei seu ritmo em silêncio. De repente, o homem estacou.

— Você não é o garoto que quer ir pro mar?

— Sou... — gaguejei. — Como o senhor sabe?

— Mestre Do Carmo, meu vizinho, me contou que você pediu carona lá no bar. Tem que fazer trabalho de escola, não é?

— Vou ser sincero, moço. Tem nada a ver com isso. É que preciso pegar um barco e ir pro mar para...

— Já sei! Pagar promessa!

— Não, não é... — fiquei atrapalhado.

— Bom, não interessa. Você já conseguiu a carona.

— No seu barco?

— O *Netuno*, meu barco, tá em reforma. Vai no barco do Carlinhos.

Eu não sabia o que falar. Se dissesse alguma bobagem poderia estragar tudo.

— Agora, só temos que saber se o mar quer que você entre nele. Vem cá.

Catarino parou sobre a ponte do canal em frente à ilha dos pescadores. Consultou o céu:

— Nuvens carregadas na serra... o vento não tá tão forte... tem estrelas no céu do mar... você tá com sorte, Pepê.

Cruzamos a praça da ilha. Eu quieto, mas de coração aos pulos. A neblina forte e fria da madrugada dominava tudo. Chegamos ao cais do porto, onde os barcos ancorados movimentavam-se sonolentos.

— O barco do Carlinhos é aquele ali, ó. Vamos esperar. Ele não demora.

Sentamos na soleira da Peixaria da Amizade. Senti que Catarino ensaiava uma pergunta. Não deu outra.

— Pepê, responde se quiser. O que você veio fazer no mar?

— Olha, mestre Catarino (acho lindo e do maior respeito chamar gente do mar de "mestre"), eu...

— Me chama de você. Eu não sou mestre. Mestre é Deus. Mestre é o mar.

— Tá legal. É isso: se o mar é mestre, vim aprender com ele.

— Boa, garoto! Gostei. Mas quem vem aprender é porque procura alguma coisa. O que você veio procurar, Pepê?

Minha nossa! O homem era pura intuição. Nós dois começávamos a nos entender por... por... afinidade silenciosa! Isso, afinidade silenciosa.

Mirei seu perfil de homem simples, rude, mas com uma energia positivamente forte. Catarino era, sem dúvida, mestre na vida e mestre no mar.

Uma vez, o Capitão Esperança falou que podemos encontrar pessoa que sente e pensa na mesma sintonia que a nossa sem nunca ter visto essa pessoa.

— Catarino, o que vim buscar no mar está aqui.

Apanhei o poema e li para ele a "Canção para uma aventura no mar". Ele ouviu rabiscando o chão com a ponta da bota. Quando terminei, disse:

— Bonito isso. Mexe com a gente essa coisa de "eu, pescador de mim". Isso acontece de verdade com quem aprende a conversar com o mar. Acho que Deus criou o mar pros homens descobrirem o quanto eles são pequenos e grandes ao mesmo tempo. Tudo depende da humildade. O mar não gosta de gente metida e orgulhosa. Você, meu amigo, veio ao lugar certo. No mar tem tudo isso que você escreveu aí: segredo, paixão... horizonte, então, nem se fala.

Meu confidente calou-se. Ah, Capitão, você acertou como sempre ao dizer que "A gente nunca está sozinho quando procura as coisas com o coração".

Catarino era um encontro mágico.

— Ô Pepê, eu tava tão entretido que nem vi que o Carlinhos chegou no barco. Vamos lá, seu Pepê pescador.

16. *Karina*

O mar tá manhoso, enjoado.
Mestre Catarino

Dois homens, também com capuz e capa amarelos, acenaram ao ver Catarino e eu saltando para dentro do barco. Meu amigo fez as apresentações.

— Este é o Carlinhos, este é o Aírton — e com cara de gozador continuou — e este é o Pepê. Ele é sobrinho de um primo do meu primo da prima da prima da minha cunhada de São Paulo. Ele quer conhecer o mar. Tem jeito de ir com a gente?

Carlinhos, o dono do barco, talvez confuso com tanta "primaiada", não fez sim nem não. Não esperei a resposta:

— Eu pago pela carona. Quanto é?

— Deus deu o mar de graça pra nós, como é que posso cobrar de você, menino? Fica à vontade. Seja bem-vindo ao *Karina* — falou Carlinhos.

Contente pela recepção e querendo me enturmar, fui falando:

— *Karina*, bonito o nome do seu barco.

— É homenagem pra minha filhinha. Agora, dá licença.

Carlinhos e Aírton foram enrolar cordas no convés. Catarino me "apresentou" o barco. Falava como um cicerone de museu. Mostrou tudo. Troco em miúdos.

São oito metros de comprimento em madeira de cedro e peroba, pintada de azul e branco. Na minúscula cabine, duas prateleiras com um rádio PX, um rádio comum e quatro coletes salva-vidas. Fora da cabine, outra prateleira com um fogareiro e objetos de cozinha. No porão sob a cabine, fica o motor a diesel, de um cilindro, que liga no giro da manivela.

Na popa (parte traseira do barco) há uma espécie de área de serviço e, bem no meio dela, o leme — uma longa alavanca de metal. Duas luzes, verde e vermelha, mais uma antena ficam no teto e, na frente da cabine, um guincho com dois braços laterais de ferro, que mais parecem um par de asas. Mais adiante, há um outro porão com caixas de isopor com gelo para armazenamento e conservação da pesca.

— Pepê, posso pedir um favor? Tira essa mala das costas porque mochila não é colete salva-vidas.

Aceitei a gargalhada dos três como meu "trote" de marinheiro de primeira viagem.

Carlinhos acionou o motor. Aírton soltou as amarras e Catarino manobrou o leme, avisando:

— O mar tá manhoso, enjoado.

O *Karina* partiu rumo ao mar. Eu, rumo ao horizonte.

17. Demônios em fúria

*As ondas são anjos que dormem no mar,
que tremem, palpitam banhados de luz;
são anjos que dormem a rir e a sonhar
e em leitos de espumas revolvem-se nus.*
A. Oligeto

Não sabia onde me acomodar. Marinheiro de primeira viagem é fogo! Atrevido, fiquei em pé na frente do barco, bancando o equilibrista. O *Karina* espreguiçava-se nas águas tranquilas do rio, e garças brancas voavam assustadas, despertas pelo pó-pó-pó do motor. A Lua prateava o caminho.

Catarino me chamou com um aceno de mão.

— Veste isto — me deu a capa e o capuz que usava. — As ondas vão começar a invadir o barco.

Vesti e voltei para meu posto de observação. Que viessem as ondas. Eu era um senhor equilibrista!

O barco passou por baixo da ponte e deixou para trás a mansidão do estuário. Embicou na garganta rochosa do canal, o trecho mais difícil até se chegar ao mar.

Hora de a onça beber água, ou melhor, do seu Pepê. Nenhum sinal de medo em mim. Estava decidido a enfrentar o que viesse.

O vento frio e cortante me pareceu mensageiro de maus sinais. Não demorou nadinha e um primeiro tranco de ondas violentas fez o barco estremecer. E elas explodiram na proa, bem onde eu me encontrava!

Acabou a minha pose de equilibrista. Saí tropeçando e bati a cabeça contra a parede da cabine. Busquei refúgio ao lado de Catarino, que manobrava o leme.

— Ué, desistiu de ficar na proa? — ele perguntou com um sorriso maroto.

O *Karina* pendulava ao impacto das ondas. Catarino impedia que elas atingissem o barco pelas laterais. E tome ondas espumando dentro do barco. Entravam fácil, fácil, porque a amurada de proteção tinha, no máximo, trinta centímetros de altura. Bobeou, caiu no mar. Pensei até em colocar o salva-vidas. Deixei pra lá.

Heroicamente, com o corpo costurado à parede, me mantive em pé, tentando adivinhar o lado da próxima inclinação do *Karina*. Qual o quê! Pendia o corpo para a direita, o barco jogava para a esquerda e vice-versa. Não acertava uma!

Catarino, Carlinhos e Aírton não estavam nem aí. O *Karina* subia e descia ondas e marolas. Avançava. Eu continuava costurado à parede.

— Com medo, parceiro?

Não tive tempo de resposta porque, apavorado, vi o barco indo com tudo contra as pedras do canal. As ondas haviam se transformado em demônios em fúria.

Impassível, Catarino manobrou e fez o *Karina* voltar ao centro do canal. O mar reagiu de imediato e atacou com marolas altas. Mas, antes que elas se tornassem ondas, o mestre acelerou forte e o barco avançou ainda mais. Foi um senhor drible! As marolas, vencidas e desconcertadas, foram explodir em ondas raivosas nas pedras.

O mar perdeu a esportiva depois do drible que levou da dupla Catarino-*Karina*. Aliou-se ao vento, também enfurecido, e contra-atacou com ondas altas pela frente e pelos lados do barco. Os demônios pareciam querer estrangular o *Karina*.

O barco adernou, entortou para os lados, parecendo um bêbado nocauteado. Catarino, no jogo do leme, conseguiu aprumar a embarcação. Mar, homem e barco ficaram frente a frente. Encaravam-se, estudavam-se.

Aconteceu que os demônios em fúria acordaram o medo escondido dentro de mim. Eu me descontrolei e escondi o rosto na parede, que nem criança no bate-cara. Aírton e Carlinhos vieram para o meu lado. Catarino falou:

— Tem vergonha, não, parceiro. Não segura o medo. Põe pra fora. Encara o mar. Se o marzão perceber que você não tem coragem, ele te engole. Vamos, enfrenta! Vai até a proa.

Carlinhos e Aírton, antes que eu notasse, passaram uma corda pela minha cintura. Ia protestar, porém me lembrei de uma fala do Capitão Esperança: "Pepê, gesto de coragem sem precaução é estupidez".

Vacilante, quase engatinhando, cheguei à ponta do barco. Fiquei em pé, peito estufado, e encarei as ondas. Elas não me pareceram tão aterradoras.

Puro engano porque, numa fração de segundo, elas se transformaram num batalhão de demônios ensandecidos. O ataque veio fulminante. Fui atirado contra a parede da cabine. Era água por todos os lados.

Mas Catarino, olho de lince, enxergou uma brecha entre as ondas. Girou o leme e acelerou com tudo. O barco avançou. O *Karina* entrou em mar aberto!

Vitória do homem e do barco. Minha também! Por que não? Que sufoco!

— Taí o seu marzão. Olha à vontade. Curte ele — Catarino me reconduziu para a frente do barco. — Dá pra ter medo dessa belezura toda?! Tem é que ter respeito.

Olhei o mar. O horizonte lá looooonge…

18. Navegando

Em busca do destino a pessoa se descobre a si mesma.
Braque

Não sei por quanto tempo permaneci contemplan-do o horizonte. O *Karina* entrava mar afora. As luzes da cidade, a montanha já eram pontos distantes. Eu queria mais distância do continente e mais proximidade do horizonte.

Desconfio ter ficado horas naquela contemplação, até que, caindo na real e livrando-me da corda na cintura, perguntei:

— Qual a nossa rota, Carlinhos?

— Tamos navegando naquela direção — e apontou o horizonte.

Bastou para mim, se bem que eu pretendia saber o local exato onde o *Karina* lançaria redes ao mar. Vez por outra, um dos três mexia no leme para correção da rota. Aquilo me intrigou porque não consultavam bússola, cartas marítimas, nada dessa coisarada toda de navegação.

— Não precisa porque tamos navegando pelo visual. Tá vendo aquela estrela ali ao norte? É nosso guia. Não tem erro — Catarino me tranquilizou.

O vento soprava brando e respingava gotículas geladas da crista das marolas.

— E o vento, as correntes marítimas não desviam o barco?

— Não, porque esse sudoeste de agora tá calmo e a gente conhece as correntes marítimas que passam por aqui — Catarino ia me explicando tudo com a maior segurança.

Carlinhos respondeu dando uma boa guinada de bombordo (lado esquerdo) para boreste (direito). Catarino nem me deixou perguntar a razão daquela manobra.

— Tamos desviando de um parcel. Sabe o que é? Parcéis são rochas, recifes quase à flor da água. A gente conhece e não cai na armadilha.

— E se o tempo virar de repente? — perguntei, curioso.

— O jeito é procurar abrigo próximo a uma ilha até a tormenta passar.

— Agora, por exemplo, pode acontecer uma virada?

— Amigo — Carlinhos explicou —, pescador nunca se esquece de consultar o tempo, o mar. O céu tá limpo

70

porque as nuvens carregadas ficaram na serra; se fosse o contrário, a gente nem tinha conseguido entrar no mar. Ficava lá no canal, sem chance. Pescador não é besta de sair sem olhar o tempo, e não sai no atrevimento. O mar só respeita a gente se a gente respeitar ele.

Terminada minha breve aulinha sobre navegação, os três foram conferir a amarração das redes no braço do guincho. Apesar de o *Karina* dançar maneiro pra lá e pra cá, tentei andar com naturalidade. Só tentei, porque ao mudar o passo caí de bunda.

Enquanto me levantava, observei os outros dois pescadores.

Carlinhos, trinta anos, moreno-claro, cara de jovem roqueiro, olhar de homem que amadurece. Todo musculoso e elegante, acostumado a "malhar" diariamente na academia de pesca do mar.

Aírton, vinte e quatro anos, louro, cabelo espetado (o apelido dele é Cebolinha), parecia um *cowboy* marítimo. Sorriso de garoto sonhador.

Os dois, fortes que só vendo. Eu não gostaria de ter que sair no braço com eles numa briga. Não haveria briga, só eu apanharia.

Invejei o jeito de andarem no barco. Andar não é bem o termo; eles gingavam, adivinhando o lado em que o *Karina* jogaria, e trocavam o passo no instante certo. Cantei:

Ô marinheiro, marinheiro
marinheiro só
ô quem te ensinou a nadar?
Marinheiro só
ou foi o tombo do navio
marinheiro só
ou foi o balanço do mar?
Marinheiro só.

Cambaleante, mais parecendo um pato bêbado, consegui caminhar até onde eles ajeitavam as redes de pesca.

— Deixem ajudar vocês. Quero pagar a carona com trabalho. E depois tem outra: nunca pesquei na vida.

— Mas não é com esse tipo de rede que você vai pescar, Pepê. É com estas redes — Catarino apontou o dedo sobre meus olhos e coração.

Compreendi o que ele quis dizer. Virei as costas e fui para a frente do barco conversar com o mar...

19. Mergulhando nas sombras do medo

Pô, isso vai te servir pra vida toda!
Mestre Catarino

Mar de águas que viraram anjos de cabeleiras onduladas de Lua e de estrelas.

Tudo muito lindo, mas, lá no fundo, eu ainda sentia uma sombrinha de medo bobo me perturbando de leve. Pode alguém ter medo da beleza?!

Resolvi dar um mergulho. Mergulhei dentro de mim. Fui me pescar, num mergulho nas sombras da noite e na lonjura do horizonte.

Interroguei o horizonte. Iniciamos um diálogo de perguntas e respostas que ele, o horizonte, fazia ressoar dentro de mim.

Quanto tempo fiquei submerso, não sei.

Quando voltei à superfície, trazia uma luz suave na consciência e uma paz muito doce no coração. Tive certeza de que acabara de descobrir como funciona o medo.

Chamei Catarino para perto. Ele, intuitivo, disse:

— Vai lá, pescador. Mostra aí sua pesca.

Ajeitei as palavras na boca e soltei-as:

Medo de escuro
medo de fantasma
medo de mar
medo de amar um amor
medo de perder um amor
medo da própria vida
medo da morte
sombras de um quarto escuro
ele, o medo,
não está no mar
nem no quarto escuro
ele, o medo,
está dentro da gente
é preciso enfrentar, encarar
os nossos quartos escuros
mergulhando dentro da gente

foi o que descobri quando
eu, pescador, me pesquei
mergulhando dentro de mim.

— Taí, Catarino, a minha primeira pescada. Valeu?

— Pepê, você acaba de jogar luz nas sombras do medo. Enxergar e aceitar os próprios medos é o primeiro passo pra acabar com eles. Pô, isso vai te servir pra vida toda!

O mestre passou a mão em minha cabeça e se afastou. Olhei o mar...

Os anjos negros prateados de madrugada não eram mais demônios. Eram apenas anjos negros. Bonitos. E, ali, bem dentro de mim, estava ele: o horizonte! Dei um beijão nele.

Depois, tirei do bolso a "Canção para uma aventura no mar" e fui lendo em voz alta:

Minha atração fatal, o mar
me chama em horizonte infinito
....
Mar, abre os braços porque eu,
menino sonhador e atrevido,
vou navegar em você.
....

Comecei a me sentir o próprio Ulisses, aquele herói que, na volta da Guerra de Troia, ficou vagando solitário no mar, enfrentando monstros, feiticeiras, gigantes, numa fascinante aventura que não está no gibi, e sim nos livros de mitologia e na imaginação dos poetas sonhadores...

Lembro da voz de Catarino ao ajeitar minha cabeça sobre uma lona:

"Deixa ele. Tá cansado. Tá emocionado. Vai dormir um pouco".

Dormi. Sonhei...

20. Sonho — um canto de saudade e de procura

É melhor ter amado e ter perdido do que nunca ter amado e nem perdido nada.
S. Butler

Comecei a ouvir um canto muito estranho, vindo não sei de onde. Voz feminina, aguda, tipo soprano de ópera, aproximando-se com seu lá-rá-lá-rá estridente. Pensei em perguntar sobre aquilo ao Catarino, mas os três sumiram. Eu ficara sozinho no barco.

A voz me atraía e criou em mim uma vontade irresistível de me atirar no mar. O impulso foi tão forte que subi na beirada do barco, prontinho pra me jogar n'água.

Fiz um esforço enorme, resisti a tempo de me agarrar à quina do barco. Lembrei da história de Ulisses, o herói da *Odisseia*. Ele foi atraído pelo canto de uma sereia e se fez amarrar no mastro do navio para não se lançar nas águas. Eu me encontrava em situação idêntica.

Seria um canto de sereia?

Vasculhei o céu esperando ela aterrissar em seu voo.

Acertei na mosca! A sereia pousou sobre a cabine do *Karina*. Uma figura incrível: metade corpo de mulher, rosto bonito, olhos faiscantes, cabelos longos, mãos delicadas, seios perfeitos e grandes asas azuis em sua outra metade de pássaro com pés de garras afiadas. Tinha olhar de feiticeira. Juro que não estranhei, porque sabia que as sereias das lendas gregas voavam.

— Quem é você? — indaguei, como se não conhecesse a peça.

— Sou a sereia. Aqui estou para satisfazer vosso desejo, ó meu amo e senhor.

Amo e senhor?! Conversa mole, isso sim. Ela estava era com complexo de gênio da lâmpada do Aladim. Satisfazer meus desejos? Aqui, ó! Queria era me enfeitiçar e sumir comigo pelos cafundós e ilhas perdidas do oceano. Por via das dúvidas, passei a corda na cintura.

— Tendes medo de mim, ó navegante?

Óbvio que eu tinha, mas disse que não. Notei que a sereia era chegadinha a um português caprichado, então usei o tratamento na segunda pessoa do plural.

— Medo, eu? Ora, por quem sois vós?!

— Nada temais, pequeno aventureiro. Não é a vós que desejo nem procuro.

— Quem procurais, então, ó divina dama dos sete mares? Dizei-me pois. — Eu estava gostando daquele papo cheio de lero-lero, ainda mais sabendo que ela nada queria comigo.

— Procuro por Ícaro, o meu amado.

O rosto da sereia ficou numa tristeza só. Acionei a tecla da memória de leituras da mitologia: Ícaro foi aquele que com um par de asas voou até perto do Sol.

— Ícaro, o homem que sonhava voar?

— Sim! — O olhar dela iluminou-se. — Vós o vistes?

— Não, não o vi... mas, dizei-me, ó meiga sereia: vós amais Ícaro?

A sereia apaixonada ajeitou-se no teto da cabine e desfiou sua história de amor.

— Quando Ícaro precipitou-se no espaço, depois que suas asas de cera foram derretidas pelo Sol, ele caiu no mar. Socorri-o e levei-o desmaiado a uma ilha. Despertei-o com um beijo. Nos apaixonamos à primeira vista. Fizemos planos de vida a dois. Mas, ó destino vil, numa madrugada tão bela quanto esta, Ícaro desapareceu e nunca mais voltou aos meus braços. Vivo a procurá-lo cantando meu canto de saudade.

A sereia chorou a dor de sua sina de amor.

Eu buscava palavras pra confortar a infeliz. Saudade de amor, eu sei, dói pra burro. Ela enxugou as lágrimas e falou:

— Tendes algum desejo? Pedi que eu o realizarei, mas em troca necessito que me ajudeis a encontrar meu amado, vasculhando comigo todos os mares e ilhas.

Que aventura legal! Já pensou eu navegando os sete mares nas asas de uma sereia? E dando uma forcinha pra um final feliz numa história de amor?

— Nada quero em troca, a não ser a felicidade de vosso amor, ó encantadora criatura. Vamos procurar o vosso amado!

A sereia estendeu os braços para me alçar ao voo, mas, repentinamente, interrompeu o gesto e disse toda afobada:

— Ah, meu gentil menino, dai um tempo, pois agora nossa missão é impossível. Ele, o senhor dos oceanos, aí vem e poderá não gostar disso. Voltarei em breve.

A maluquinha voou sumindo nas dobras das sombras da madrugada. Não entendi absolutamente nada. Ele?! Quem será? Será que...?

As águas ao redor do *Karina* se agitaram em ondas brancas. Um som de trombetas se espalhou pelo ar e das espumas surgiram quatro tritões — seres meio homens, meio peixes, barbudos, cabeludos — soprando conchas como se fossem trombetas.

Era ele mesmo que chegava: Netuno, o rei dos oceanos, e seu séquito.

A corte real levava jeito de um desfile carnavalesco: peixes de todas as espécies, delfins (golfinhos), ninfas nereidas (mulheres belíssimas) sobre cavalos-marinhos, "sereios" — meio homens, meio peixes. Todos ao redor do carro do rei, uma super e incrementada concha puxada por seres metade cavalo e metade serpente.

E o velho soberano Netuno, todo gostosão, com sua barba e cabeleira azuladas, segurando seu manjadíssimo tridente.

Subi na beirada do barco para saudar o rei:

— Majestade! Majestade!

Braços fortes me agarraram por trás. Deviam ser agentes de segurança, que até no mar enchem o saco. Protestei aos berros:

— Soltem-me, seus gorilas! Majestade, majestade, estou sendo agredido!

Os trogloditas da segurança real me jogaram de costas para dentro do barco. Acordei.

Eram Catarino, Carlinhos e Aírton e me olhavam com preocupação.

— Qual é, garoto? Vai se jogar na água por quê?

— Ah, que pena! Justo agora que eu ia apertar a mão do rei Netuno? Quem sabe ele até me apresentasse Iemanjá, a rainha das águas do mar brasileiro. Vocês interromperam o meu sonho.

Os três riram à beça. Catarino falou, apontando:

— Bom dia, pescador. Olha ele lá...

O dia amanhecera e lá estava ele inteirinho na claridade: o horizonte. No ato, me veio a pergunta do Capitão: "Onde está o horizonte?".

Catarino, que percebeu a importância daquele momento para mim, afastou-se com os outros dois. Minha hora tinha chegado.

21. Grávido

A beleza do horizonte me engravidou de Ternura.
Pepê

Trêmulo de emoção cerrei os olhos e me preparei para o encontro. Ali estava aquele horizonte que eu imaginara nas cismações na Praça do Pôr do Sol.

Sim, ele estava ali diante dos meus olhos, esperando por mim. Mantive os olhos fechados por mais alguns segundos para melhor saborear o encontro.

Meu instante era de celebração e exigia silêncio absoluto. Ainda bem que eu havia preparado uma saudação para quando eu e a beleza do horizonte nos abraçássemos num ato de amor. O mar seria o nosso leito. Abri os olhos e cantei:

Mar, abre os braços porque eu,
menino sonhador e atrevido,

vou navegar em você
à procura do horizonte sem fim
serei apenas um pescador,
eu, pescador de mim.

Sobre as águas verdes, límpidas, que azulavam ao reflexo do céu, naveguei rumo ao horizonte.

E não avistei montanhas, e não enxerguei limites. A linha do horizonte me cercava pelos quatro lados, me abraçava.

E navegando cheguei ao ponto do meu encontro: aquele lugar onde mar e horizonte se juntam. Pedi licença e me sentei entre eles.

E abracei o horizonte. E atirei um beijo ao céu. E beijei a água. E chorei de alegria. E contemplei a magia da natureza.

E fiz a saudação inesperada, mas definitiva:

— Deus, você existe mesmo, hem!!!

Faltavam-me olhos para admirar tanta beleza. Pensei em pedir emprestados os olhos dos meus companheiros de viagem para melhor enxergar a imensidão infinita do horizonte.

Naquele instante descobri o nome do horizonte: beleza.

Escancarei os poros e a alma. Fiquei leve.

Eu e a beleza fizemos um ato de amor.

O encontro foi de sintonia total.

Depois do estremecimento do êxtase veio um silêncio relaxante.

E não tive dúvida: o encontro com a beleza deixou um fruto dentro de mim…

Era hora de me pescar. Eu, mais do que nunca, pescador de mim.

Pesquei dentro de mim o sentimento, a emoção do fruto daquela gravidez em mim…

Era preciso saudar aquele fruto, trazê-lo à vida, batizar, dar um nome.

Era preciso dar-lhe vida pela palavra.

Nomeei-o. Seu nome é Ternura.

A beleza do horizonte me engravidou de Ternura.

E ela foi aflorando, aflorando…

Fez-se o momento de celebração.

Então, bebi nas conchas das mãos um gole de água do mar e entoei:

Sei que suas águas são
doce para as coisas do bem
fel para as coisas do mal,
o sal da própria vida.

E, assim como o sal da terra germina e conserva a vida, o sal do mar conservaria pra sempre dentro de mim, na seara do meu coração, o fruto do meu ato de amor com a beleza do horizonte.

Ternura seria o seu nome. Para sempre.

— Aceita um café, Pepê?

Caiu gostoso o café quentinho que Catarino me deu. Deitei-me ajeitando a cabeça num rolo de corda. Precisava repousar um pouco depois do parto. Acalantar a Ternura, fruto do meu encontro com o horizonte.

Dormimos abraçados. A Ternura e eu.

22. Trabalhadores

O trabalho é a melhor e a pior das coisas: a melhor, se é livre; a pior, se é escravo.
Alain

Despertei com o sol torrando meu rosto. Suava em bicas, pois ainda vestia capa e capuz. Fiquei só de calção.

O *Karina* requebrava agitado, mas consegui ficar em pé num salto só. Senti uma leve tontura. Nem liguei porque dentro de mim a Ternura continuava "molecando" de alegria.

Carlinhos, Aírton e Catarino estavam agachados na "área de serviço" atrás da cabine. Os três, com botas de borracha e avental, abriam uma rede lotada de camarões agitados que se espalharam pelo chão.

Idiotamente, perguntei o óbvio:

— Já pescaram?

— Xi, parceiro, já temos mais de trinta quilos de camarão separados e guardados nas caixas de isopor no porão.

— Dormi tanto tempo assim, Catarino?

— Se dormiu?! Pensei até que tivesse morrido. Engraçado, você dorme sempre sorrindo? Tava com um sorriso como se estivesse batendo papo com anjos.

Quase disse a eles sobre a Ternura. Decidi deixar para depois. Catarino, novamente, me surpreendeu com sua intuição:

— O sono te fez bem, Pepê. Cê tá com uma cara de felicidade, de paz. O que foi, encontrou algum tesouro?

Pisquei de alegria. Ele entendeu.

— Bom, mas agora estou disposto a trabalhar com vocês.

— Ah, é? Então, vem ajudar a jogar a rede no mar.

Descalço, amarrei um lenço na cabeça e deixei o sol castigar minha pele morena da cor apartamento-escritório. Fui pro batente.

Meus "delicados" dedinhos, acostumados à caneta, à tecla do micro e ao toque de carinho no rosto da Rita, reclamaram do contato áspero com a malha fina da rede de arrasto. Quando lançadas na água, as duas redes ficam presas à porta de arrasto (um portão de ferro), que desce ao fundo, e são atadas aos braços (tangone) do guincho, acionado pelo motor do barco.

Disparei a metralhadora de perguntas. Comecei pela profundidade.

— Aqui as redes descem a uns quinze metros, onde estão os camarões-sete-barbas — Catarino ia explicando.

— Ah, camarão-sete-barbas, sei, sei…

Catarino percebeu minha cara de quem só conhece camarão nas bancas do supermercado e, vez ou outra, no prato.

— Sete-barbas é aquele camarão pouco maior do que uma caixa de fósforo.

— Tem também o camarão-rosa, de uns vinte, vinte e cinco centímetros, e o pitu, que parece uma lagosta.

Passei o atestado de ignorante pleno quando disse:

— Eu garanto a sorte. Podem puxar as redes que elas chegarão lotadas de rosa e pitu.

Catarino coçou a cabeça.

— Bom, aí não vai ser sorte, vai ser um milagre, porque o rosa vive a uns quarenta quilômetros da costa e o pitu a setenta. Aqui, onde estamos pescando agora, a distância é bem menor.

— Onde estamos?

— No litoral de Ubatuba. Aquela é a Ilha Anchieta e, lá do lado, o Costão das Toninhas e aquele ali é o Farol do Pontal.

— Mas a gente estava em alto-mar, lá longe… — e acrescentei — pertinho do horizonte.

— Voltamos enquanto você dormia. O mar tava dando muito tranco. Faz o seguinte, companheiro: volta lá pra proa e continua sua pescaria de você mesmo. Cê veio pra isso.

— Não, Catarino. Tô dando um tempo. Gostaria de ver a subida das redes.

— Só daqui a duas horas. É o tempo que ficamos arrastando elas no fundo do mar. Isso é pesca de arrastão.

Queria saber um pouco sobre aqueles trabalhadores do mar.

— Pescador ganha bem? Dá pra sustentar a família?

Os três deram aquele sorrisinho tipo "Só porque você quer" e começaram a falar ao mesmo tempo:

— Pescador é quem ganha menos, apesar de ser ele quem arrisca a vida no mar, tem despesa com o barco, com os ajudantes...

— Esse é o pescador que possui um barco. O cara que é empregado ganha menos ainda.

— Geralmente o pescador trabalha na base do contrato de boca, na palavra, sem registro em carteira, sem garantias trabalhistas.

— Quando envelhece ou sofre acidente, aí tá ferrado no presente e no futuro.

— Diabo é que a maioria dos pescadores não aprendeu a se juntar em cooperativas para brigar pelos seus direitos e interesses, conseguir melhores preços no mercado...

— Veja bem: o pescador vende sua pesca ao comerciante no cais, que, evidente, ganha em cima; depois vem o distribuidor, que também ganha em cima; aí vem o comerciante da cidade, o supermercado. Quer dizer, todos ganham em cima.

— É justo que quem trabalhe ganhe; o que não é justo é o pescador receber tão pouco no "quilinho" de tudo que pescou.

— Vida de pescador é batalha. Bonita porque ele lida com a belezura do mar; feia e triste, sem muita esperança, quando ele tem contas pra pagar, o médico, a escola pros filhos, o sustento decente da família.

Calaram-se aborrecidos. Ficaram olhando longe, talvez pensando num caminho para dias melhores. Eu também.

Olhei o horizonte. E aquela pergunta do Capitão: "Onde está o horizonte?".

Eu já descobrira onde…

Catarino bateu palmas me chamando de volta.

— Já que você quer trabalhar, ajuda na separação dos camarões.

"Até que enfim vou poder retribuir a atenção destes meus amigos", pensei.

23. Caranguejo traiçoeiro

O mar é berço de vida, e não depósito de morte.
Mestre Catarino

Uma multidão embolada de camarões-sete-barbas se mexia no piso da "área de serviço". Um caranguejo branco e peludo saltou do bolo dos camarões e correu em fuga. Aírton, na maior tranquilidade, atirou-o ao mar.

Começou o trabalho de separação dos camarões daquela "montanha" de outros pequenos e ilustres viventes do fundo do mar: siris, caranguejos, pescadas, bagres, marias-luísas, esponjas, caracóis e companhia. Todos jogados de volta ao lar. Vivos ou mortos.

Fiquei observando como os três trabalhavam na separação. Não fiz perguntas e fui separar também. Confesso que ia colocando a mão com receio e com uma sensação esquisita, de repulsa ao toque naqueles bichinhos moles, gosmentos ou ásperos.

De pouco valeu tanto cuidado porque um caranguejo covarde e traiçoeiro veio de mansinho e... pimba! Fincou pinças no dedão do meu pé direito.

— Ai!!!

Doeu forte. Dei-lhe um tabefe que ele já caiu desmaiado contra a parede. Quando fico violento, ninguém me segura!

Aírton, muito prestativo e preocupado com minha dor, apontou uma coisa acinzentada entre os camarões esperneantes.

— Depressa! Passa o pé em cima daquilo que a dor some já, já.

O pateta aqui fez o que ele sugeriu e pôs o pé na tal coisa.

— Ô bosta! — gritei, puxando a mão.

Eles caíram na gargalhada. A "coisa" era uma arraia elétrica. Levei um baita choque!

Catarino suspendeu a gargalhada e soltou um tremendo palavrão. Mostrou latas enferrujadas de cerveja, guaraná, restos de embalagens plásticas e um aparelho de barba descartável.

— Tá vendo só, Pepê? Este lixo estava todo lá no fundo do mar, a poucos quilômetros das praias. Depois, o imbecil do bicho-homem fala que os peixes estão sumindo. Ele queria o quê?!

— É sempre assim? — eu quis saber.

— Cada vez mais. É óleo que escapa dos navios, é resto de tudo quanto é porcaria. Tão transformando o mar numa lixeira. E digo mais: nem as carcaças dos peixes devem ser jogadas no mar porque assustam os outros peixes, que "pensam" assim que encontram os restos dos cadáveres de seus companheiros: se a morte passou por aqui, eu vou é me esconder mais pra longe.

Fazia sentido o raciocínio do Catarino, que completou:

— Ninguém gosta nem consegue viver num lugar marcado pela morte. Mar é berço de vida, e não depósito de morte.

A indignação do mestre era tão grande, tão forte, que ele praguejou um tempão olhando em direção à cidade dos "civilizados" e ameaçando com os punhos cerrados, tal qual um profeta anunciando o caos:

— Imbecis, vocês estão adoecendo o mar. A natureza não gosta disso e vai dar o troco a qualquer hora!

Quando Catarino terminou de expelir sua ira santa contra a inconsciência dos civilizados, perguntei:

— E esses peixinhos que morrem no arrasto da rede de camarão, o que se faz com eles?

— A natureza tem a solução. Veja só.

Catarino juntou os muitos pequenos peixes mortos no piso do barco e atirou-os ao mar. Imediatamente os albatrozes, que o tempo todo sobrevoavam o *Karina* em bandos, desceram em voo rasante e tornaram a subir, levando no bico os peixes jogados.

— Essa porcariada de latas e plásticos a gente leva para a terra e joga no lixo; no mar, nunca.

Durante duas horas ou mais fiquei desempenhando com toda dedicação meu papel de separador de camarões e de gladiador contra os caranguejos, que continuavam implicando comigo.

Encontrei duas estrelas-do-mar entre os camarões. Ju e Caró ficariam contentes com o presente.

Quando pensei em mais um *tête-à-tête* com o horizonte, Aírton anunciou que era hora de recolher as redes com outra leva de camarões. Julguei-me muito importante quando Carlinhos me pediu que controlasse a aceleração do guincho na puxada das redes para bordo.

Elas vieram bojudas, carregadinhas. Os três comemoraram.

— Pepê, você nos trouxe sorte! A pescaria tá pra lá de boa!

Mais duas horas agachado separando camarões-sete-barbas, alguns camarões-brancos e muito, muito lixo do luxo do consumo da cidade.

Acho que, por ter ficado tanto tempo de cabeça abaixada, comecei a sentir tontura. Tentei continuar a tarefa, mas a zonzeira aumentou. Pedi licença e fui respirar na amurada.

— Ele chegou?

— Ele quem, Catarino?

— O enjoo do mar. Ele quase nunca perdoa um pescador de primeira viagem. Deita aqui de barriga pra cima com a cabeça um pouco mais alta.

— Tá certo que fiquei grávido, mas enjoar também já é demais!

24. Tudo mareado

... mas para o amor a ida é alegre e a volta, triste.
Shakespeare

Mesmo com aquela lenga-lenga do enjoo, corpo mole, não deixei de sentir dentro de mim a Ternura que dali em diante seria minha companheira pelos passos da vida. A Rita, por exemplo, seria uma das primeiras pessoas a receber amostra da minha nova Ternura. E, pensando nisso, pensei também na paixão da sereia na busca do seu amado. Eu estava tão poeta que, sei lá por quê, murmurei aquela frase do Shakespeare sobre as idas e voltas do amor.

Tive, porém, que suspender o devaneio poético porque um mal-estar veio galopante. Pontadas no estômago, garganta e boca amargas. Um incômodo dos diabos. O enjoo. Cabeça rodando, a vista atrapalhada. Tudo, tudinho mareado. Até o horizonte dançava torto.

Bateu vontade de vomitar. Arrastei-me até a borda e... nada. Alarme falso. Insisti. Nada. O enjoo aumentava. O barco, os companheiros, o mar, tudo e todos giravam.

Sede. E quem disse que consegui acertar a boca no bico do galão de água? Eu tremia.

Carlinhos me ajudou a beber.

— Continua deitado, que logo passa.

Coberto com a capa tiritei de frio, mas que droga, logo depois comecei a suar! O problema maior era um bolo no estômago, querendo saltar pela boca. Só um detalhe: o estômago estava praticamente vazio.

Vontade de fazer xixi. Fui à beirada do barco e... nada. Outro alarme falso.

Então, pensei: só pode ser vontade de fazer cocô.

— Era só o que me faltava! — reclamei.

Investiguei-me contraindo a barriga com força.

Ainda bem que foi apenas impressão. Já pensou? O *Karina* não tinha banheiro e, na hora H, a operação teria que ser feita com o bumbum na amurada. Não sei como me sairia no papel de cagão equilibrista no mar.

— Desculpem o papelão...

— É assim mesmo. Até que você demorou para enjoar. Estamos navegando há doze horas e você aguentou firme.

— Que horas são?

— Cinco da tarde.

Envergonhado, ou melhor, chateado, prometi que assim que melhorasse iria voltar para a separação dos camarões.

— Não esquenta, Pepê. Já vai escurecer e essa foi a última passada de rede. Tá na hora de voltar.

"São Catarino" me ajudou a debruçar na borda, pois os sinais no estômago e na garganta avisavam que ia começar tudo de novo. Saiu apenas um xixizinho muito do mixuruca.

— Você não comeu nada. Vou preparar nosso almoço, que também vai ser nossa janta.

— Eu ajudo você, Catarino — respirei fundo e encarei o horizonte.

Milagre não sei se foi, mas sei que levantei num pulo. Inspirei, respirei, fiz uma porção de "macaquices" só para testar se eu já estava melhor. Estava.

— Ué, Catarino, o famoso enjoo do mar passa, assim, tão rápido?!

— Pepê, eu não entendo dessas coisas que chamam de psicologia; entendo, um pouco, do mar. São trinta anos dentro dele. Posso dizer por experiência com tantas outras pessoas que viajaram comigo que você "desenjoou" rápido porque, a partir de agora, o mar está dentro de você. E pelo resto da vida, companheiro.

Ele nem calculava o valor daquelas palavras. Aquela sintonia com o mar e a gravidez de Ternura eram os grandes troféus da minha aventura.

E, claro, a descoberta do horizonte...

— Catarino, não sei nem como agradecer por tudo que...

— Não precisa agradecer. Espera aí. Quer agradecer mesmo?

— Claro.

— Então, prepara a comida pra gente.

— Deixa comigo — disse no embalo.

— Você sabe cozinhar, Pepê?

— Lógico! Cozinhei muito em acampamentos.

— Então vem cá — meu amigo me levou ao canto do barco.

— Prepara estes peixes com um arroz — e exibiu dois cações, que tinha pescado com linhada, usando camarões como isca.

Catarino acreditou que eu sabia cozinhar. E agora?

"Um aventureiro deve estar preparado pra tudo. Vá em frente, seu Pepê!", murmurei comigo mesmo.

Não tive outra saída senão ir em frente...

25. Mestre-cuca dos mares

Se alguém não trabalha, também não come.
Cícero

Não sabia por onde começar naquele mundinho de vidros, vidrinhos e vidrões com sal, açúcar, pó de café, óleo, vinagre, cebola, alho. O *Karina* tinha uma despensa "da hora".

Pedi, já com segundas intenções, que Catarino acendesse o fogareiro.

— Já que você está com a mão na massa, por favor, tira a espinha e limpa os peixes. Sabe o que é? Ainda estou um pouco mareado e posso me cortar com a faca.

— Tá bom, tá bom — ele deixou claro que não engoliu a desculpa, mas cortou e limpou os peixes.

Falando sério, a única coisa que fizera com uma faca foi cortar pão. Nem laranja descasquei em toda a minha vida. Como se vê, eu era (ou ainda sou?) um filhinho da mamãe mesmo.

— Tô mentindo, amigo. Nunca cozinhei assim... num barco.

— E daí? Tudo tem a sua primeira vez. Vai encarar ou não?

— Encaro! Mas não me responsabilizo pela saúde de vocês.

Pra variar, o Capitão Esperança seria minha salvação. Explico: uma vez assisti quando ele preparou arroz com bife à milanesa. Calculei que bife e peixe à milanesa seriam mais ou menos parecidos.

Tomei posição na frente das panelas, da frigideira e do fogareiro. Evoquei o Capitão e fiz de conta que ele me dava instruções:

"Põe o arroz limpo na panela com óleo e tempero, e deixa cozinhar um pouco. Cuidado com a quantidade de sal!"

— Muito ou pouco sal, meninos? — fiz graça na pergunta só para disfarçar a insegurança.

— Você quem sabe, cozinheiro.

Coitado do Aírton. Levava fé em mim. "Isso, põe o sal, mexe, joga mais água. Deixa cozinhar até que a água se evapore."

O arroz saiu conforme os "cochichos" do Capitão. Falando nele, a pergunta: onde está o horizonte?

— Desconfio, tenho quase certeza de que já descobri. Mas, voltemos à cozinha, Capitão — ordenei em voz baixa.

"Lava bem as postas do peixe, enquanto o óleo ferve na frigideira. Joga um temperinho de alho com cebola e sal. Passa farinha de rosca nos pedaços de peixe e vai fritando, fritando até dar um douradinho."

— Obrigado, Capitão — murmurei e, depois, gritei: — Companheiros, a boia está na mesa!

— A gente já vai. Deixa só guardar o camarão no gelo.

Carlinhos, esfregando as mãos de fome, foi o primeiro a se servir.

— Nada mal, Pepê. Pescamos cento e cinquenta quilos, mais ou menos.

Pensei que o "nada mal" se referisse à minha comida. Ele não tinha experimentado ainda. Catarino e Aírton serviram-se também.

Um, dois e… os três começaram a comer…

Ah, minha Nossa Senhora dos Cozinheiros Aflitos!

— Tá bom?…

Eles acabavam de engolir várias garfadas de arroz e abocanhavam o peixe com gosto. Trocaram olhares suspeitos. Catarino fez uma cara esquisita e perguntou:

— Quem ensinou você, Pepê, a cozinhar desse jeito?

— Meu avô. Ele é um grande cozinheiro.

— Seu avô, por acaso, ainda está vivo?

— Graças a Deus. Por quê?

Os três pares de olhos arregalados pararam sobre mim.

— Tá bom? Tá bom? — insisti, aflito.

— Estaria ótimo se você não tivesse trocado as bolas: você botou açúcar em vez de sal no arroz e no peixe.

Quá-quá-quá!!! A gargalhada geral sacudiu o *Karina*.

Deve ter sido por pura solidariedade que eles tiveram a coragem de engolir mais umas garfadas. Saíram de mansinho e voltaram ao serviço. Riam.

Eu próprio não suportei engolir o arroz empapado e aquilo que poderia ter sido um delicioso cação à milanesa. Argh!!!

Juntei meu falido banquete num saquinho de lixo. Catarino tirou-o das minhas mãos e jogou a comida no mar.

— Calma, Pepê, a tia Chica já vem.

Um albatroz marrom, de peito branco e preto, que sobrevoava a marola, aterrissou e encheu o papo de arroz e peixe. Fez isso várias vezes. Será que gostou da minha comida?

— Tia Chica era uma senhora pobre que há muitos anos vivia recolhendo restos de peixe e de comida no cais do porto de Santos. Daí que surgiu esse apelido — Catarino contou.

Lavei, enxuguei e guardei a louça no armário. Ia voltando para a separação, mas Catarino me intimou:

— Vai pescar, vai. Gosto da sua cara quando você olha o horizonte. Já descobri que você conversa com ele. Parece até que se amam. Vai, vai, pescador. Já tá quase anoitecendo e vamos voltar para a terra.

Olhei o mar. Lá no horizonte o Sol vermelho deitava-se incendiando tudo.

Incendiando de emoção o meu coração.

26. Recolhendo minhas redes

Heureca!!!
Pepê, ao descobrir o verbo "heurecar"

Recolhi as redes da pescaria dentro de mim, que eu, pescador de mim, transformaria em alimento para o sonho de cada dia.

Estava feliz com a pesca na minha aventura no mar.

Encontrei o horizonte infinito no amanhecer. Fiquei grávido, dei à luz e tornei-me mãe, pai e filho da Ternura.

Ternura não se define: sente-se.

Encontrei a liberdade. Compreendi que a liberdade está no gesto que o ser humano faz ao se perguntar sobre as emoções dentro dele diante da vida e do mundo. Perguntinha simples, tipo: "Qual é a minha?".

Descobri também que são essas perguntas que fazem brotar os sonhos.

Sonho não se define: sonha-se.

Bem que o Capitão Esperança disse que os sonhos moram no horizonte. No horizonte dentro de cada um de nós.

Eu, pescador de mim, escutei, no silêncio e em silêncio, os mistérios e magias das histórias que o mar me contou.

Descobri também que não existem histórias boas ou más. Existem apenas histórias sobre o bem e o mal. Depende de cada um — na liberdade de seu próprio sonho — temperá-las com o sal da vida. Assim, elas serão servidas e saboreadas ao som da alegria e da esperança.

Anoiteceu de vez.

— Heureca!!! — gritei com toda a força dos pulmões.

— Eu o quê, Pepê? — Catarino me perguntou, espantado.

Ele não entendeu nada. Avisou que estávamos chegando.

— Heureca, Catarino! Achei!

O horizonte entendeu.

27. Finalmente, um velho lobo do mar

Adeus é muito tempo. Até logo é melhor.
Pepê

As ondas do estreito e perigoso canal de entrada receberam respeitosamente o *Karina*, que voltava com seus valentes pescadores e um menino atrevido e sonhador.

O *Karina* atracou. Ajudei meus companheiros a descarregar os cento e cinquenta e quatro quilos de camarão que, imediatamente, foram vendidos na primeira peixaria.

Eu tinha pressa em comemorar a aventura e convidei meus amigos para uma cervejada de gratidão.

— Calma, Pepê. Temos que carregar gelo para o porão e deixar o barco preparado para a saída da madrugada.

Carlinhos, Catarino, Aírton e eu entramos naquele mesmo bar. A alegria me deu bobeira e fui entrando, falando alto, só pra me exibir:

— Quando boreste soprar, você, Catarino, recua pra bombordo.

O bar inteiro olhou pra mim. Pudera, nunca ouviram tanta bobagem.

— Garçom, cerveja aqui pra nós.

— Você, outra vez, menino? Pra você não tem.

— Então, me dá outro guaraná estupidamente gelado!

Meus companheiros também foram de guaraná. Isso que é solidariedade.

Tomei um porre de guaraná com os aventureiros das histórias que li: Ulisses, Marco Polo, Simbad, Barba Negra, Lord Jim, Colombo, Almirante Nelson, Vasco da Gama, Cabral, Camões, Amir Klink…

Eu era igual a eles, afinal tinha uma história do mar para contar. Finalmente, eu, um velho lobo do mar!

Catarino me chamou a um canto e com um olhar de alegre cumplicidade quis saber:

— E daí, pescador, descobriu onde está o horizonte?

— Descobri, mestre. Ele está…

— Não, não precisa dizer — Catarino me interrompeu. — Importante é que você saiba.

Agradeci, do fundo do coração, aos meus três companheiros. Carlinhos e Aírton queriam que eu ficasse mais. Catarino compreendeu por que eu estava com tanta pressa em voltar pra São Paulo.

— Ele tem muito que contar pra Rita, pro Capitão.

Os três me acenaram um adeus na porta do bar.

"Adeus é muito tempo. Até logo é melhor", murmurei.

Caminhei em passos gingados. Parecia um bobo. Não importava. Eu carregava o mar dentro de mim. Para sempre.

No caminho da estação rodoviária, me lembrei de que ainda precisava fazer um acerto de contas…

28. O outro mar

Escalei as pedras do canal e me sentei naquela última rocha, lá no limite da terra com o marzão. Ele, o mar, ao contrário da primeira vez, não me atacou com suas ondas.

De novo, eu e o mar ficamos frente a frente, olho no olho.

Caneta e papel, escrevi sobre um outro segredo que pescara dentro de mim:

O outro mar

Existe um outro mar
imenso como o mar-oceano
é o mar dentro de mim
morada da minha alma

é o meu mar interior
templo das minhas emoções
infinito dos meus horizontes
casa dos meus sonhos
meu mar interior
onde eu, pescador de mim,
mãe, pai e filho da Ternura
encontro os segredos
dos sonhos
a liberdade da liberdade
a magia e a paixão
que dão sabor à vida
agora, sei disso tudo
porque fui e serei sempre
um pescador
eu, pescador de mim.

Li em voz alta para o mar. Ele gostou. Não me chamou de bundão. Juro que ele, o mar, falou assim:

— Salve, menino pescador. Volte sempre.

Despedimo-nos. Atravessei a avenida e, do orelhão da Praça do Casarão do Porto, liguei a cobrar.

Eu havia encontrado a morada do horizonte...

29. Teje preso!

O horizonte, a morada dos sonhos que dão sabor à vida, o horizonte está dentro de mim, nos olhos do meu coração.

Pepê

— Alô!
— Alô...
— Capitão?
— Sim...
— Descobri!
— Descobriu? Ótimo, parabéns!
— O horizonte está...
— Um momento. Só pra conferir: qual a sua senha?

O Capitão Esperança não perdeu a mania de suspense e espionagem. Mudou até a voz.

— Diga logo a sua senha. Senão, desligo!

— Pescador.

— Perfeito. Qual a mensagem?

— Lá vai, Capitão: o horizonte, a morada dos sonhos que dão sabor à vida, está dentro de mim, nos olhos do meu coração.

— Que brincadeira é essa, seu moleque?! Muita petulância! Ligando para um trote?! Pois se deu mal! Já localizei o seu aparelho!

— Ah, Capitão, deixa de brincadei…

— Aqui é da polícia, seu idiota, cretino, subversivo!

Liguei errado. Não era o Capitão.

— O senhor me desculpe.

— Teje preso!

Desliguei.

Aquele cara não sabia que ninguém nem nada consegue amedrontar e prender um garoto que sabe onde está o horizonte.

E muito, muito menos, se ele for um pescador dele mesmo…

Fim?

Claro que não.

O horizonte nos olhos de alguém que lê um livro não tem fim.

P.S.

A Ju e a Caró ficaram felizes com as estrelas-do-mar.

Mamãe me abraçou como se eu tivesse ressuscitado.

Papai me prometeu uma lancha e equipamento de mergulho.

O Betão me perguntou se poderia convidar a professora de Português, que continua nem aí com ele, pra dar um passeio no *Karina*.

A Rita e o Capitão, agora, só me chamam de "pescador".

Eu vou bem e feliz, obrigado.

Sonhando e imaginando a próxima aventura.

Aceito companheiros.

Autor e obra

O meu eu escritor é uma mistura dos anos que vivi como repórter de jornal e rádio, com as aventuras do menino nascido na Lapa de Baixo, criado liberto nos campos e ruas do Moinho Velho e Freguesia do Ó, em São Paulo.

Acho que escrever é brincar com a afetividade e com a dureza das palavras para o grande encontro humano. Então, misturo brincadeira com uma pitada de seriedade, e escrevo histórias sobre, para e com crianças, adolescentes e "aborrecentes".

Minha conversa é com eles, que, por convivência, divido em duas galeras.

A primeira é a turma do "maior legal", "maior baixaria".

São aqueles que, ao sentir o bem e a alegria ou o mal e a tristeza, disparam: "Pô, meu, maior...". E pode esperar sentado porque dificilmente brotam outras palavras.

Compreendo, aceito, me divirto. Tenho compromisso com eles.

A segunda turma é a das crianças, adolescentes e "aborrecentes" que estão incapazes de dizer palavras. Miro nos olhos deles, anestesiados de tevê, vídeo e *games*, e sinto que gostariam de dizer algo, mas não conseguem.

Isso me dá a maior tristeza e aflição. Tenho compromisso com eles.

Vai daí que meu compromisso com as duas galeras é a sedução para a infinita aventura da busca e encontro das palavras: palavra-ternura, palavra-crítica, palavra-indignação, palavra-ação. Livros são os meus instrumentos.

Felizmente não estou só. Tenho cúmplices, parceiros generosos nessa sedução: os professores, que me abrem as portas das salas de aula, auditórios e pátios. E a palavra escrita ganha vida, torna-se diálogo.

Nesse momento, enquanto as duas galeras se encantam com a magia da palavra — muito maior do que qualquer "maior" ou "silêncio incapaz" —, os nossos olhos (os meus e os dos professores) se encontram e sentimos que nossa luta avança. Estamos trazendo para dentro da escola, e com livros nas mãos, uma terceira turma: os brasileirinhos famintos de alimentos, de autoestima, de palavras e do direito de sonhar sonhos de crianças, adolescentes e "aborrecentes".

E oxalá eles possam ler as histórias que escrevi, entre elas: *Quando meu pai perdeu o emprego, Das Dores & Já passou, Aí né... e E depois?, Os bigodes do palhaço, O segredo da amizade*, todas da Editora Moderna.

Wagner Costa